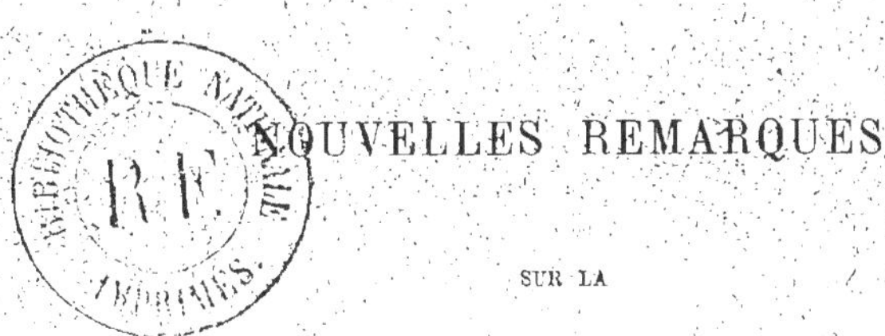

NOUVELLES REMARQUES

SUR LA

NOMENCLATURE BOTANIQUE

OUVRAGES DE M. ALPHONSE DE CANDOLLE

Lois de la nomenclature botanique adoptées par le Congrès international de botanique à Paris en août 1867. 2me édit. in-8°. Genève, Georg, 1867 .... Fr. 2 —

La Phytographie ou l'*art de décrire les végétaux considérés sous différents points de vue*. Paris, Masson, 1880. 1 vol. in-8° de xxiv-484 pages. Fr. 10 —

Darwin, considéré au point de vue des causes de son succès et de l'importance de ses travaux. In-12, Genève, Georg, 1883...... Fr. 1 50

OUVRAGES DE M. CASIMIR DE CANDOLLE

De la production naturelle et artificielle du liège dans le chêne-liège. In-4°, 3 planches, 1880............................ Fr. 3 50

Anatomie comparée des feuilles chez quelques familles de Dicotylédones. In-4°, 84 pages et 2 planches, 1879................. Fr. 5 —

Considération sur l'étude de la Phyllotaxie. In-8°, 78 pages et 2 planches, 1881....................................... Fr. 3 50

Nouvelles recherches sur les Pipéracées. In-4°, 17 pages et 15 planches, 1882.. Fr. 10 —

Rides formées à la surface du sable déposé au fond de l'eau et autres phénomènes analogues. in-8°, 37 p., 5 pl. .... Fr. 3 —

GENÈVE.— IMPRIMERIE SCHUCHARDT.

NOUVELLES REMARQUES

SUR LA

NOMENCLATURE BOTANIQUE

PAR

M. ALPH. DE CANDOLLE

Rédacteur des Lois de la nomenclature botanique recommandées par le Congrès international de 1867

SUPPLÉMENT AU COMMENTAIRE DU MÊME AUTEUR QUI ACCOMPAGNAIT LE TEXTE DES LOIS

GENÈVE

H. GEORG, LIBRAIRE-ÉDITEUR

BALE-LYON, MÊME MAISON

1883

INTRODUCTION

Dans les premiers moments qui suivirent la publication des Lois de la nomenclature botanique recommandées par le Congrès international de 1867, il parut plusieurs articles de journaux, contenant des approbations ou des critiques. Je crus devoir répondre à celles-ci dans le *Bulletin de la société botanique de France,* du 26 février 1869, et je donnai ailleurs mon opinion sur des demandes qui m'avaient été adressées [1]. Parmi les objections de cette époque plusieurs n'ont pas été renouvelées, ou ne présentent guère d'importance en elles-mêmes, je les laisse aujourd'hui de côté; mais d'autres questions toujours contestées ou entièrement nouvelles méritent d'être discutées.

Il faut distinguer dans les publications faites depuis quinze ans sur la nomenclature deux catégories, d'une valeur d'origine bien différente : Celles qui proviennent de sociétés, ou de commissions spéciales, ou encore de savants qui ont consulté un grand nombre de correspondants, et celles qui expriment des opinions purement individuelles. Les premières traitent de l'ensemble des questions de nomenclature en botanique, en zoologie, ou dans les deux branches également ; les secondes se rapportent presque toujours à des points spéciaux, quelquefois à un seul.

Dans la première catégorie, dont il faut tenir grand compte, se trouvent les publications suivantes :

Dall, *Nomenclature,* etc..... Nomenclature en zoologie et botanique ; rapport à l'Association américaine, siégeant à Nashville, le 31 août 1877. In-8°, 56 pages. Salem, 1877.

Ce travail, très intéressant, n'a pas été soumis à une discussion, mais il avait été précédé d'une enquête que l'Association américaine avait chargé l'auteur de faire. Tous les naturalistes des États-Unis qui avaient publié, depuis cinq années, des

[1] Réponse à une lettre de M. Caruel, dans le *Giornale botanico italiano,* 1870, vol. II, p. 146; et de M. Cogniaux, dans le *Bulletin de la Société royale de botanique de Belgique,* 1876, p. 477.

mémoires ou des ouvrages descriptifs de zoologie ou de botanique, avaient reçu un formulaire de 27 questions, relatives à des points douteux, sur lesquelles on les avait priés de répondre. Quarante-cinq ont effectivement répondu. Pour chaque question les réponses ont été données, en général, à de fortes majorités, et d'une manière qui fait honneur au jugement des savants américains.

Après cette enquête, et à la suite d'une étude des publications faites en divers pays sur la nomenclature dans les deux règnes, M. Dall a rédigé un recueil de 83 articles, dans lequel il a suivi pour la forme et le fond à peu près notre travail de 1867. Les différences portent presque toujours sur des détails qui intéressent les zoologistes plutôt que les botanistes. Elles résultent de l'indifférence avec laquelle en zoologie on a considéré pendant longtemps les questions philosophiques touchant la nomenclature, tandis que plusieurs botanistes éminents s'en occupaient et donnaient dans la pratique de bons exemples. Nous sommes arrivés, en botanique, à des règles si généralement suivies qu'il m'a paru inutile d'examiner certaines questions encore douteuses parmi les zoologistes. Elles sont fort bien discutées dans l'opuscule de M. Dall.

Douvillé, Rapport fait à la commission (du Congrès géologique) chargée d'étudier la question des règles à suivre pour établir la nomenclature des espèces. Voir : Rapports des commissions internationales au Congrès géologique international de Bologne, en 1881, in-8°, p. 123-144.

L'auteur a été l'organe d'une commission de paléontologistes et minéralogistes français, très distingués[1], qui avait été nommée au Congrès de Paris, en 1878. Cette commission, qui s'est réunie plusieurs fois, a consulté quelques savants étrangers. Elle avait sous les yeux les règles de l'Association britannique de 1842, légèrement modifiées en 1865, notre recueil de 1867 et celui de M. Dall. Après examen elle a préféré se borner à quelques règles importantes et simples, relatives aux genres et aux espèces. Ces règles sont au nombre de onze seulement, applicables aux fossiles des deux règnes. Ce qu'il y a de plus nouveau est exprimé dans les phrases suivantes de l'introduc-

[1] MM. Cotteau, Douvillé, Gaudry, Gosselet, Pomel, de Saporta, auxquels deux minéralogistes, MM. Descloizeaux et Jannetaz, étaient adjoints.

tion : « La loi de priorité étant le vrai fondement de la nomenclature, il a paru nécessaire de lui donner toute la généralité possible et pour cela de supprimer les exceptions et dérogations à cette loi..... Toujours préoccupée de la fixité à donner à la nomenclature, la commission a pensé qu'une contradiction existant entre la signification du nom et les caractères d'un genre ou d'une espèce n'était pas un motif suffisant pour autoriser le changement de ce nom. » On verra plus loin que le raisonnement et l'expérience m'ont amené à penser à peu près de même.

Le rapport soumis au Congrès géologique de Bologne n'a pas été l'objet d'une discussion aussi approfondie que celle du Congrès botanique de 1867. Le rapporteur et tous les membres de la commission étaient absents, en outre, l'assemblée venait de consacrer de longues séances à l'examen d'autres questions qui l'intéressaient d'avantage. Cependant elle a ajouté au projet deux articles, dont je parlerai plus loin, l'un d'eux étant aussi curieux que nouveau.

Le vœu exprimé par les géologues d'avoir un code spécial pour la nomenclature des fossiles avait alarmé simultanément les botanistes et les zoologistes, pour lesquels les plantes et les animaux fossiles font partie des deux règnes. Ils ne voyaient pas d'avantage et craignaient des inconvénients à l'introduction de règles particulières pour la description d'êtres qui sont seulement antérieurs à ceux de l'époque actuelle. La Société botanique de France fit une démarche officielle pour engager le Congrès géologique de Bologne à ne pas s'en occuper[1], le recueil des lois recommandé par le Congrès botanique de 1867 étant jugé suffisant par les botanistes. La Société botanique de Belgique fit de même[2]. J'adressai une lettre dans le même sens[3] et la Société zoologique de France fit paraître la publication suivante destinée à servir pour la nomenclature des êtres organisés en général.

Chaper, Règles applicables à la nomenclature des êtres organisés, proposées à la société zoologique de France, et Rapport fait au nom de la commission de nomenclature. In-8°, 37 pages. Paris, 1881.

[1] *Bulletin de la Société botanique,* 1881, p. 9. Compte rendu de la session du Congrès géologique de Bologne, page 178.

[2] *Compte rendu du Congrès de Bologne,* p. 162.

[3] *Ibid.* p. 181.

Ce travail, présenté par M. Chaper, au nom d'une commission de se ptzoologistes[1], renferme des considérations très justes auxquelles nous sommes disposés à adhérer, sauf en quelques points secondaires. Les règles énumérées sont au nombre de dix-sept. Elles reposent sur le principe de la priorité, dont le rapporteur fait sentir vivement l'importance, tout en admettant plus de dérogations qu'il ne convient selon nous d'en admettre.

Je ne mentionne pas la réimpression faite en 1878 des règles de la nomenclature adoptées en 1842, sur la proposition de Strickland, et augmentées en 1865 de six articles, par les zoolistes de l'Association britannique. Cette nouvelle édition, identique avec les précédentes, ne pouvait pas être au niveau de la science, puisque les recueils dont nous venons de parler sont plus modernes et renferment ce qu'il y avait de meilleur dans le travail de l'Association britannique.

Deux réflexions se présentent à l'esprit lorsqu'on a étudié les publications de MM. Dall, Douvillé et Chaper, et lu la discussion du Congrès géologique de Bologne, qui expriment l'opinion de naturalistes nombreux, soit d'Europe, soit d'Amérique.

1° Les règles suivies en zoologie et en botanique se rapprochent de plus en plus. Le recueil de l'Association britannique s'appliquait uniquement à la zoologie[2] ; le nôtre, destiné aux botanistes, émettait le vœu (art. 5) de l'uniformité des règles dans les deux règnes ; et les trois ouvrages qui ont suivi ont donné positivement leurs règles comme applicables aux noms de plantes et d'animaux.

2° La loi de priorité est reconnue de plus en plus comme le principe fondamental d'une bonne nomenclature. Les cas de dérogation à cette loi deviennent plus rares, et même d'après un des projets, ils seraient pour ainsi dire supprimés.

Cette tendance, de faire prédominer la priorité sur les considérations de pureté linguistique, d'élégance, d'uniformité ou de sens précis des noms n'a pas cessé d'augmenter depuis cinquante ou soixante ans. Elle est, à vrai dire, la cause des rédactions successives de règles présentées aux naturalistes par des individus, des sociétés et des congrès internationaux. Les usa-

[1] MM. Blanchard (Dr), Chaper, Jousseaume (Dr), Jullien (Dr), Künkel d'Herculais, Lataste, E. Simon.

[2] *Rules for zoological nomenclature*, ed. 1878, p. 23.

ges se sont conformés de plus en plus à cette disposition des esprits.

Avec une tendance aussi accusée il est assez singulier de voir, en 1881, deux publications d'un savant lyonnais inspirées par des vues bien différentes. Nous ne doutons pas des bonnes intentions de M. Saint-Lager [1], mais elles nous paraissent un véritable anachronisme. Proposer le changement de plusieurs centaines de noms et implicitement de plusieurs milliers, par des motifs de grammaire, de linguistique ou même de préférences personnelles, donner ainsi l'exemple d'autres changements selon les idées de futurs érudits, c'est rétrograder vers l'état de confusion de la nomenclature qui existait au commencement du XIXme siècle. Je citerai plus loin quelques-unes des propositions de l'auteur. Ce n'est assurément pas pour le plaisir de le critiquer. Rien ne m'est plus désagréable, et je respecte tous les savants de bonne foi, parmi lesquels il faut compter assurément M. Saint-Lager, mais ce qu'il propose est un avertissement de ne pas négliger la marche indiquée par l'histoire de la science et l'appui de l'immense majorité des naturalistes.

D'autres publications individuelles seront mentionnées plus loin. Il ne m'a pas été possible de les indiquer toutes et de les discuter. Je les ai traitées comme mes propres articles de 1869, auxquels je fais allusion çà et là, en laissant de côté ce qui présente peu d'importance ou n'est pas contesté.

Une certaine réserve est nécessaire, même à l'égard de publications excellentes, lorsqu'elles sont anciennes. La science fait toujours des progrès. Les règles recommandées par Linné ne convenaient pas toutes au commencement de notre siècle ; de Candolle les a quelquefois modifiées, avec l'approbation de ses contemporains. En 1867, nous nous sommes appuyés aussi sur l'expérience et sur des raisons nouvelles pour indiquer certains changements désirables. Il en est de même aujourd'hui, et j'espère que personne ne me taxera de contradiction ou de versatilité quand je parlerai de quelques défauts de notre travail d'il y a seize ans et de modifications qui deviennent opportunes.

[1] Saint-Lager, *Réforme de la nomenclature botanique*, in-8°, 155 pages, et *Nouvelles remarques sur la nomenclature botanique*, in-8°, 55 pages, dans les Annales de la société botanique de Lyon et à part.

Les additions et changements que je propose ne viennent pas de moi seul. Elles résultent de propositions faites dans les journaux botaniques et des rapports de commissions spéciales que j'ai cités tout à l'heure. J'ai de plus été en correspondance avec plusieurs botanistes, notamment avec M. Asa Gray, bien connu pour l'attention qu'il donne aux questions de nomenclature, et M. Daydon Jackson, qui prépare le nouveau *Nomenclator,* pour lequel l'illustre Darwin a fait les fonds nécessaires. Nous nous accordons sur les points qui pouvaient offrir quelques doutes.

Une source d'erreurs dans les usages botaniques de nomenclature est l'imitation de ceux suivis en zoologie. Je ne crains pas de le dire, parce que les zoologistes sont loin de contester l'infériorité de leur science à cet égard. Beaucoup d'incertitudes, beaucoup d'irrégularités, beaucoup de négligences dont ils se plaignent n'existent pas en botanique. Ils ont amélioré leurs usages en imitant les nôtres, mais l'inverse est arrivé quand on a imité en botanique certaines publications de zoologie. La lecture du recueil de M. Dall, applicable aux deux sciences, fait parfaitement comprendre les diversités qui existent encore et la supériorité de la nomenclature botanique [1].

Notre première partie traite d'observations sur divers articles du recueil de 1867.

La seconde, de questions suscitées depuis peu de temps, ou sur lesquelles le congrès n'avait pas jugé à propos de voter.

Je termine par une réimpression du texte primitif, avec les additions et modifications qu'il me paraît convenable de proposer en raison des motifs indiqués dans le présent opuscule.

[1] Dall, *Nomenclature,* page 9. Voir aussi Douvillé, Rapport, p. 129. Depuis Linné des zoologistes éminents, tels que Buffon, Cuvier, ont attaché moins d'importance que les botanistes aux méthodes de classification et de nomenclature. D'ailleurs l'immensité de la zoologie et sa division en branches très distinctes ont causé des irrégularités dans les usages.

PREMIÈRE PARTIE

Observations et discussions sur divers articles du Recueil des lois de 1867[1].

Titre et articles 1 et 2 des Lois de la nomenclature : Considérations générales et principes dirigeants.

Quelques rares personnes ont critiqué le mot Lois, appliqué aux règles qu'il convient d'adopter dans la nomenclature. Elles se figurent que notre congrès aurait eu l'idée de s'imposer. L'objection n'est pas soutenable au point de vue du sens français du mot loi, car on l'emploie souvent dans le sens de règle et même dans un sens beaucoup plus vaste, comme la loi de la pesanteur, la loi des échanges, etc. Que le congrès botanique n'ait eu aucun désir de s'imposer c'est évident, d'après son article 2, et la décision finale qu'il a votée à l'unanimité : De *recommander* le recueil comme le meilleur guide à suivre (Lois, etc., p. 4).

Il y a cependant, j'en conviens, quelques articles qui s'imposent, mais seulement lorsqu'on adopte le principe de la priorité énoncé dans les articles 3 et 15. Dans ce cas, à moins de se contredire, il faut absolument se soumettre aux conséquences indiquées dans les articles 16, 41, 59. Le reste se compose le plus souvent de conseils, qu'on peut suivre ou ne pas suivre sans

[1] Voir le texte de ces articles soit dans les Lois de la nomenclature adoptées par le Congrès (Actes du Congrès, 1867), soit dans mon Commentaire de même date, soit encore à la fin du présent opuscule.

beaucoup d'inconvénient, mais qui sont basés sur de justes motifs et sur les usages.

Les anciens auteurs qui se sont occupés de la nomenclature, en particulier Linné, de Candolle et Lindley, ne mettaient pas assez en évidence, sous forme d'articles, les principes généraux sur lesquels ils s'appuyaient et ne classaient pas les règles, suivant leur nature, en chapitres ou sections. Notre recueil a été le premier dans lequel on ait adopté strictement une classification analogue à celle des codes de la plupart des pays civilisés. M. Dall, en Amérique, a suivi notre exemple.

Ce classement des articles facilite les recherches, et l'énoncé, au début, de principes généraux a d'autres avantages, qui malheureusement n'ont pas été compris par tout le monde. Ces avantages sont de faire réfléchir aux conditions de toute bonne nomenclature et de donner un moyen de résoudre les questions douteuses quand des articles spéciaux n'en ont pas parlé. J'estime que la plupart des questions peuvent être résolues en remontant aux principes du chapitre Ier de notre rédaction et de la section 1re du chapitre III, mais c'est à condition de lire attentivement les textes, et de réfléchir au sens de chaque phrase [1].

ARTICLE 3. — CONDITIONS D'UNE BONNE NOMENCLATURE.

M. Dall [2] a modifié judicieusement notre article, en disant : « Le principe essentiel est : 1° de viser à la fixité dans les noms; » 2° et 3° (à peu près comme le reste de notre article). Il fait ainsi mieux ressortir l'objet principal.

Les considérations *accessoires*, mentionnées à la fin de notre article, n'ont guère d'application que dans la création des noms nouveaux, car une fois un nom publié la loi de priorité lui profite, sauf dans des cas exceptionnels, qu'il convient de rendre tout à fait rares.

[1] J'indiquerai à l'occasion des articles 15 et 48, des principes, assez généraux également, qui n'ont pas été énoncés dans le recueil, et dont l'importance est considérable.

[2] Dall, § 3.

Article 4. — Sur l'usage.

Quelques botanistes donnent plus d'importance que d'autres à l'usage. Ils vont jusqu'à préférer un nom très connu, de famille, genre ou espèce, à un nom plus ancien mais oublié ou négligé. Je me suis demandé d'après cela si notre article 4 est trop absolu et s'il ne faudrait pas le modifier. En y réfléchissant, je ne pense pas que ce fût convenable.

Un usage est de sa nature assez vague. Il peut changer d'année en année, tandis que les règles subsistent. Comment constater d'ailleurs qu'un usage est bien établi? Ce n'est pas en comptant les auteurs qui l'ont suivi, car un seul ouvrage de la nature de certains *Genera* ou *Species* fait plus connaître un nom que cent flores ou catalogues. Dans tel pays, dans telle suite d'années un nom peut se répandre ou au contraire tomber en désuétude. Je comprends qu'on suive ce qu'on croit être l'usage dans des choses secondaires et en l'absence de règle, comme le dit l'article; mais pour autoriser à mettre un usage au-dessus d'une règle, il faudrait définir et constater clairement ce que c'est qu'un usage et cela n'est guère possible.

Il y a peut-être des cas dans lesquels un auteur enfreint une règle, même la loi de priorité, par des motifs judicieux, appropriés à un cas particulier, mais alors il le fait sans en parler, à ses périls et risques. Tout auteur subséquent pourra rappeler la règle et l'appliquer. Personne n'a le droit de l'en empêcher, d'où il résulte que la violation d'une règle, si elle a de l'avantage sous un certain point de vue, n'a pas un avantage qui dure. Il en est de cela comme des violations de lois ou de règlements de police que se permettent quelquefois des personnes honnêtes, dans le but d'éviter une application trop rigouseuse dans un cas particulier : si le fait est remarqué, la loi ou le règlement reprennent toute leur force et celui qui les a méconnus peut en souffrir. Dans la science, la peine est simplement qu'un auteur n'est pas suivi lorsqu'on a vu qu'il s'est écarté de la règle. Ces incidents peuvent arriver, mais il vaut mieux ne pas les prévoir, pour ne pas les encourager et éviter des discussions.

Article 6. — Noms en latin.

« Les noms scientifiques, dit le texte, sont en langue latine, » mais quel latin faut-il entendre? Une langue dont la durée a été aussi longue a beaucoup varié et quand on ouvre un dictionnaire on s'aperçoit qu'un grand nombre de mots ont eu simultanément ou successivement plusieurs sens. A mon avis, pour l'histoire naturelle, c'est le latin de Linné qui doit servir d'exemple. Il est correct et, sous le rapport scientifique, il a ce grand avantage d'être plus précis que le latin de l'antiquité. Chaque mot dans Linné n'a qu'un sens et chaque idée ou objet s'exprime par un seul terme. J'en ai donné ailleurs [1] des exemples assez curieux.

Ceci pour la construction des noms; mais une fois un nom publié, il revêt le caractère d'un mot propre soit technique. Il devient botanique ou zoologique, c'est-à-dire qu'il appartient en quelque sorte à une langue spéciale et qu'il est soumis à des règles particulières, dont la plus importante est la fixité. Ceci est vrai surtout pour les noms de genres, mais il y a aussi des noms d'espèces qui sont devenus scientifiques par l'usage, quoique manquant aux dictionnaires latins [2].

L'inconvénient des noms en langues vulgaires s'est fait sentir lorsqu'il a fallu traduire en latin certains noms spécifiques. Une espèce appelée en français *des bois*, peut se traduire par *sylvestris*, *sylvatica* ou *nemorosa*. Cependant elle ne doit avoir qu'un nom. Le principe de l'article 6, posé d'une manière générale, a pris de l'importance depuis qu'on a commencé de publier en russe, japonais, etc., c'est-à-dire dans des langues dont la plupart des naturalistes ne connaissent pas même les caractères typographiques.

Article 8. — Tout végétal appartient a une espèce, etc.

Je regarde cet article comme une concession faite au besoin

[1] Phytographie, p. 34, 247, 463.

[2] Voir plus loin mes observations sur l'article 66.

d'ordre et d'uniformité dans les livres, car chacun des degrés de la hiérarchie des groupes (art. 10) peut manquer dans tel ou tel cas particulier. Non seulement beaucoup d'espèces ne présentent pas de variétés, et beaucoup de genres n'ont pas de sous-genres ou sections, mais il y a aussi des genres monotypes qui ne sont pas des associations d'espèces, et des familles composées d'un seul genre qui ne sont pas des réunions de genres. Dans d'autres circonstances la distinction en espèces est tellement difficile qu'on peut se demander si certains genres ou sous-genres ne sont pas constitués par des variétés plutôt que par des espèces. Les naturalistes antérieurs à Linné désignaient quelquefois un genre par un seul nom, sans épithète ou phrase spécifique, lorsqu'ils ne voyaient pas matière à distinguer des formes différentes. C'est le désir d'uniformiser et la prévision qu'on découvrirait plus tard d'autres espèces qui a fait donner un nom spécifique au contenu d'un genre monotype.

Article 10. — Hiérarchie des groupes.

Les naturalistes reconnaissent maintenant, d'une manière assez générale : 1° que les groupes désignés par un nom semblable n'ont pas exactement la même valeur ; 2° qu'il y a souvent des transitions entre deux groupes superposés dans la hiérarchie, ce qui permet d'hésiter dans l'application des termes espèce ou sous-espèce, genre ou section, famille ou tribu, etc.; 3° que les groupes sont des associations plus ou moins vastes, mais en soi de même nature, vu leur qualité d'objets collectifs.

Il n'en est pas moins vrai que les termes espèce, genre, famille, classe, ont des bases dans l'histoire de la science, et reposent sur certains caractères de formes ou sur des facultés physiologiques, conséquences de l'organisation intérieure. Historiquement l'espèce est la catégorie de groupes établis par Linné quand il a réuni sous un seul nom des associations de moindre valeur. Le genre est la catégorie de groupes plus vastes constitués par Tournefort, admis presque toujours et nommés plus régulièrement par Linné. La famille est ce que Antoine-Laurent de Jussieu a appelé du nom latin *Ordo*. On peut différer sur les caractères morphologiques à employer pour fonder des espèces, genres ou familles. On peut dire aussi que les caractères de fécondation et d'hérédité ne sont pas absolus. Mais le sens dans lequel les fondateurs de la classification moderne ont pris ces termes est assez clair d'après leurs ouvrages, et peut servir de point d'appui, du moins pour les personnes qui aiment à se baser sur la priorité. Je comprends qu'on s'applique à énumérer des formes contenues dans une espèce de Linné, mais pourquoi donner à ces groupes le nom d'espèces? C'est du pur néologisme. C'est abandonner le principe de viser à la fixité des termes, qui est notre sauvegarde contre une immense confusion. L'énumération des vingt groupes superposés dans l'article 10 permet de classer toutes les formes, sans changer le sens des termes anciens, espèce, genre, famille. On peut ajouter des intermédiaires plus nombreux, au moyen de mots d'un emploi facultatif ou de lettres, de chiffres et de signes typographiques. Le cadre existe. Pourquoi changer ses divisions principales qui sont historiques?

La convenance, dans beaucoup de cas, de reconnaître des groupes immédiatement supérieurs aux espèces a suggéré l'idée de leur donner un nom, par exemple celui de sur-espèce (*super-species*), comme le proposait H. C. Watson[1]. Par ce procédé l'espèce de Linné étant comprise entre des *sur-* et des *sous-espèces,* deviendrait plus claire. Malheureusement il en résulterait assez de complications de synonymie, car il faudrait indiquer si tel nom est une espèce ou une sur-espèce dans l'ouvrage que l'on cite. Ce serait doubler l'embarras qui existe déjà dans la citation des sous-espèces ou variétés et des espèces. Le résultat auquel on vise, — celui de faire comprendre un groupe supérieur à l'espèce, — peut s'obtenir par un moyen simple, dans lequel on ne crée aucun nom. Ce moyen consiste à classer

[1] Hewett Cottrell Watson (Compendium of the Cybele britannica, 1, p. 36) en recommandant ce système, dit que Boswell Symes l'a appliqué dans la 3me édition de son *English botany.* Il se servait de trois termes *Super-species, Ver-species, Sub-species.* Le terme moyen paraît inutile. L'année dernière M. Clavaud (Flore de la Gironde, fasc. 1, Paris 1882) a nommé *Stirpes* les sur-espèces, mais ce terme employé quelquefois dans un sens différent, assez vague, est moins expressif. MM. Burnat et Gremli (*Suppl. à la Monogr. des roses des Alpes-Maritimes*, Genève, 1883) usent d'un procédé ingénieux, qui consiste à imprimer en fortes capitales les noms d'espèces selon eux de premier ordre et en capitales moins fortes ceux d'espèces de second ordre. L'avantage est d'indiquer une diversité d'importance sans introduire un nom nouveau de groupe.

plusieurs espèces très voisines, ou une espèce très séparée des autres sous une rubrique numérotée, ou marquée d'une lettre ou d'un signe.

L'admission de sur-espèces amènerait, par analogie et pour les mêmes motifs, des sur-genres, sur-familles et sur-classes, dont on se passe très bien, quoique la multiplicité des degrés dans la hiérarchie des groupes soit conforme à la nature.

Les groupes minimes, compris entre les variétés et les individus, doivent ce me semble être considérés à part, comme ne pouvant pas rentrer dans la série des groupes systématiquement nommés. J'en parlerai dans la troisième partie, la question étant assez nouvelle.

J'examinerai aussi une addition importante relative aux plantes fossiles.

Les personnes qui s'intéressent à la concordance des noms de groupes en zoologie et en botanique, feront bien de consulter le tableau publié par M. Dall [1], qui me paraît avantageux pour uniformiser les ouvrages d'histoire naturelle.

La plupart des tableaux indiquant la subordination des groupes font ressortir, en lettres capitales, les noms de Classe, Famille, Genre, Espèce. Je répugne à ce procédé, parce que les groupes naturels sont tous également des associations, et comme telles sont soumis à certaines lois communes, par exemple d'avoir des limites un peu vagues, de présenter des exceptions, et de faire quelquefois défaut, comme je le disais tout à l'heure (p. 11). J'estime aussi qu'ils doivent tous reposer sur des caractères, non sur des hypothèses, nécessairement contestables, relatives à leur origine.

ARTICLE 15. — SUR LE POINT DE DÉPART DE LA PRIORITÉ.

Les zoologistes ont eu des incertitudes prolongées pour savoir quel ouvrage de Linné, ou même de naturalistes antérieurs, doit être considéré dans leur science, comme le point de départ de la nomenclature des genres et des espèces [2]. Pour les botanistes

[1] *Nomenclature*, p. 24.

[2] L'Association britannique adoptait la 12e édition de Linné, mais M. Dall (Nomencl. p. 43), a donné de bonnes raisons pour préférer la

la question est plus facile à résoudre, pourvu qu'on réfléchisse à ce qui constitue véritablement une certaine catégorie de groupes.

Avant Linné les auteurs employaient souvent des noms binominaux pour les espèces, mais quand un adjectif ne suffisait pas pour exprimer les caractères différentiels ils en mettaient deux, trois, ou davantage. Linné mit systématiquement une seule épithète spécifique, d'abord dans son opuscule du *Pan suecus*, de 1749, et même, d'après le Dr Ahling[1], dans un écrit en suédois, de 1745, mais c'étaient là des tentatives partielles et, comme on dit, des ballons d'essai. Il a généralisé ensuite son procédé dans la première édition du *Species plantarum*, de 1753. Évidemment ceci est la date qui doit servir de point initial pour les noms d'espèces.

Quant aux genres proposés ou adoptés par Linné, c'est la première édition du *Genera*, en 1737, qui doit être invoquée. Jusqu'à Tournefort plusieurs botanistes avaient nommé des genres, sans énoncer leurs caractères. Or, un groupe sans caractères n'est, pour ainsi dire, pas publié (art. 46), puisqu'on ne peut pas le reconnaître exactement. Tournefort a eu le mérite de donner des caractères, mais il conservait pour plusieurs genres des noms adjectifs (*Acetosa, Bermudiana*, etc.), ou des noms doubles (*Herba-Paris*, *Ferrum-Equinum, Narcisso-Leucoium*, etc.), tandis que Linné a donné une forme régulière aux noms, toujours substantifs, en même temps qu'il donnait les caractères. C'est donc à dater de son *Genera*, que les groupes appelés genres ont été nommés et décrits, selon la forme qui est admise.

Par les mêmes motifs, c'est du *Genera plantarum*, d'Antoine Laurent de Jussieu, en 1789, qu'il faut faire dater les premiers noms de familles (Ordines) vraiment constituées. Avant cet ouvrage, Linné et Bernard de Jussieu avaient bien indiqué des familles et leur avaient même donné des noms, mais ils n'avaient pas énoncé de caractères. Adanson, il faut le reconnaître, avait énoncé des caractères, mais chez lui les noms de familles

10me. Il admet en outre qu'on remonte à des auteurs plus anciens que Linné, dans certaines branches de la zoologie (Lettre citée par M. Douvillé, Rapport, p. 139).

[1] *Olandska och Gothlandska resa*, cité, d'après Ahling, dans le *Journal of Botany*, 1881, p. 280.

n'étaient ni réguliers ni acceptables (*Ana, Gallides, Jasmina, Bissus, Orchis*, etc.), ce sont Bernard et A.-L. de Jussieu qui ont commencé de régulariser les noms, et c'est Antoine-Laurent qui a donné avec des noms réguliers des caractères vraiment distinctifs. On voudrait remonter plus haut pour les familles qu'on trouverait ou des noms inacceptables qui tombent dans la synonymie, ou des noms nuls par défaut d'explications.

R. Brown, *Prodromus Novæ Hollandiæ,* en 1810, a distingué des sous-genres, sans les désigner ainsi, et il leur a donné quelquefois des noms substantifs. Ce n'est pas encore une constitution régulière de cette sorte de groupes. Elle a été opérée par de Candolle, en 1818, dans *Regni vegetabilis systema naturale*, où les sections soit sous-genres sont régulièrement désignés comme tels et presque toujours avec un nom substantif.

C'est dans le même ouvrage que des groupes de familles ont été désignés sous le nom de cohortes, avec un nom pour chacune et l'énoncé de caractères.

Là aussi des tribus se trouvent pour la première fois classées, nommées et caractérisées.

Les séries de familles *Apetalæ, Monopetalæ,* etc., de Jussieu, qu'il ne nomme pas des classes ou sous-classes, et qui reposent sur un seul caractère, sont des divisions artificielles plutôt que naturelles, tandis que les noms de *Thalamifloræ, Calycifloræ*, etc. du *Systema* (1818), précédés de la désignation *Subclassis* I, II, etc., et suivis de caractères détaillés, présentent toutes les conditions nécessaires pour un point de départ dans cette sorte de groupes.

Les deux classes fondées sur les cotyledons avaient été aperçues par Théophraste (*Hist.,* VIII, c. II) et ensuite par Cesalpin, mais elles ont été nommées *Monocotyledones* et *Dicotyledones,* par Ray (Methodus plantarum emendata et aucta, 1703, p. 1). Van Royen, en 1740, les appelait *Monocotyledones* et *Pluricotyledones.*

Quant aux grandes divisions, supérieures à ces classes, il n'est pas facile de constater celles qui ont été le plus anciennement nommées et définies. *Acotyledones* se trouva déjà dans de Jussieu *Genera*, à titre de classe égale aux Dicotyledones et Monocotyledones. *Cryptogamia* est dans Linné (Syst, ed. 1, 1735, p. 4), mais comme nom d'une classe analogue aux vingt-trois autres appelées *Monandria, Diandria*, etc. *Phanerogamia* ou *Phanerogamæ* est un nom moderne surtout dans le sens d'une grande classe. Il n'est pas dans Linné. En 1813, de Candolle s'en est servi pour une subdivision des Monocotylédones (Théor. élém., p. 219), ce qui montre à quel degré le sens était alors variable et vague. L'auteur (p. 213, 220) divisa le règne végétal en *Vasculaires ou Cotylédonés* et *Cellulaires ou Acotylédonés,* classes dont il donnait les caractères spéciaux dans le Systema (1, p. 120, 121) dès 1818 [1]. Richard avait dit auparavant (1808, Anal. du fruit, p. 50), *Exembryonatæ* et *Embryonatæ*, mais le nom d'Acotyledones, plus ancien, devait être conservé en l'élevant dans l'échelle des groupes, si d'ailleurs les découvertes modernes sur les Cryptogames avaient permis de conserver le terme Exembryonatæ [2]. Il est curieux de penser au nombre des noms de grandes divisions qui tombent au rang des synonymes lorsqu'on admet le principe qu'il faut un seul nom, pour chaque groupe d'un ordre déterminé, avec l'énoncé des caractères distinctifs et une forme acceptable [3].

En résumé une catégorie de groupes est constituée lorsque : 1° on lui a donné un nom, tel que genre, espèce, etc. ; 2° une forme régulière pour chaque catégorie ; 3° on a indiqué la place du groupe relativement aux autres dans la hiérarchie de la classification ; 4° on a exprimé les caractères dans chaque cas particulier. Si l'on admet ces conditions, les dates suivantes sont celles qui doivent servir de points de départ :

1703 (Ray, Methodus emendata), pour les classes de Phanérogames.

1735 (Linné, Syst. ed. 1), pour les grandes divisions du règne végétal, telles que Cryptogamia.

1737 (Linné, Genera, etc., ed. 1), pour les genres.

1753 (Linné, Species, ed. 1), pour les espèces, distinguées des variétés.

[1] La citation, p. 121, de Cotyledoneæ Juss. Gen. p. 70, est une erreur. On ne trouve pas ce mot dans le Genera, et à la p. 70, il est question des *Dicotyledones*.

[2] Dans la nomenclature des classes du règne végétal on s'aperçoit de l'inconvénient des mots significatifs. Il a fallu souvent les changer à la suite de découvertes. En zoologie les noms *Aves*, *Pisces*, *Vermes*, etc., etc., durent toujours, parce qu'ils n'ont aucun sens.

[3] Vasculares et Cellulares DC. tombent, comme double emploi, et le dernier, en outre, comme postérieur à Acotylédones.

1789 (Ant. L. de Jussieu, Genera), pour les familles appelées par lui Ordines.

1810 (R. Brown, Prodr. Fl. N. Holl.) ou le suivant, pour les sous-genres.

1818 (A. P. de Candolle, Systema naturale), pour les cohortes et les tribus.

Notre article 15 aurait dû tenir compte des noms de classes (Monocotylédones et Dicotylédones), qui sont antérieurs à Linné et que l'illustre Suédois a eu le tort de négliger, même dans ses Fragments sur la méthode naturelle, publiés par Giseke. Si je ne propose formellement aucune addition à l'article, c'est à cause du très petit nombre des noms de cette nature.

ARTICLE ADDITIONNEL 15 BIS. — UN NOM EST FAIT SEULEMENT POUR DÉSIGNER.

Aux principes généraux (art. 15-17), il serait convenable d'ajouter ceci :

« Article 15 *bis*. La désignation d'un groupe, par un ou plusieurs noms, n'a pas pour but d'énoncer les caractères ou l'histoire de ce groupe, mais de donner un moyen de s'entendre lorsqu'on veut en parler. »

Voici mes motifs.

Une tendance, qui reparaît sous différentes formes, est de mêler avec un nom certaines considérations d'une autre nature. Avant Linné les noms d'espèces étaient à la fois un nom et une énumération de caractères. En séparant ces deux choses, Linné a rendu un grand service. Un nom est un nom ; des caractères sont des caractères ; la succession des noms est de la synonymie. Mélanger des idées aussi différentes est une source de confusion et de longueurs. De nos jours il existe une disposition à attribuer trop d'importance à la signification des noms et aussi à mêler la synonymie, c'est-à-dire l'histoire bibliographique des groupes, avec les noms, du moins avec l'indication de l'auteur, qui fait à peu près partie du nom, étant presque toujours annexée. Ce sont des complications opposées au principe général que des idées différentes doivent être énoncées séparément. Si l'on oublie cette règle, on sera tenté bientôt d'exprimer dans le nom ou avec le nom l'histoire phylogénétique du groupe ; car c'est à présent une des idées qui préoccupent. Il faudrait pourtant comprendre qu'un nom n'est pas clair et commode quand il se complique de plusieurs idées. Les peuples barbares désignent les hommes par une généalogie : Ali fils de Mahomet, fils de Joseph. D'autres se servent d'épithètes soit caractères : Pied léger, Grand chef à barbe longue, etc. Les peuples civilisés, au contraire, veulent des noms qui souvent ne présentent aucun sens et ne sont absolument que des noms. C'est un progrès. On le comprend si bien qu'on n'est pas choqué lorsqu'un individu de grande taille a pour nom de famille Petit, ou qu'un autre de teint clair se nomme Brun. De même la nomenclature des localités nous satisfait quand chaque ville ou village n'a qu'un nom, indépendamment de l'histoire ou de l'apparence de ces divers groupes d'habitations.

Mon article supplémentaire fait ressortir ce qui est l'essence d'un nom, et indique ce qui peut le fausser ou, en tout cas, le compliquer et l'allonger. Il repose sur l'idée que les procédés simples sont un progrès.

ARTICLE 20. — NOMS DES COHORTES.

Je persiste à croire que la meilleure manière de nommer les cohortes, soit associations de familles, est de terminer en *ales* le nom d'un des principaux éléments du groupe. C'est le procédé de Lindley, suivi par MM. Bentham et Hooker, dans leur *Genera*, du moins quand ils ont indiqué des Cohortes. Le Congrès de 1867 a mieux aimé ne rien préciser sur la désinence, mais la forme en *ales* a l'avantage de n'avoir été employée dans aucun autre cas et de faire présumer quelque chose de vaste[1].

Malheureusement ce genre d'associations n'est pas encore assez défini ou, peut-être, n'existe pas dans certaines parties du règne végétal. Deux choses le montrent assez bien. Les auteurs n'ont pas osé faire la synonymie des cohortes quand ils en ont adopté, et si l'on essaie de faire cette synonymie, on trouve que chaque botaniste a compris dans chaque cohorte ou en a exclu des familles différentes. En outre, de Candolle, qui

[1] *Alescere*, accroître; *ales*, ailes.

avait distingué des cohortes dans le *Systema*, n'a pas continué dans le *Prodromus*, et MM. Bentham et Hooker ont classé les familles Monocotyledones sous l'expression de séries, qui fait supposer un ordre, selon eux, moins naturel. Après tout, il n'est pas extraordinaire qu'un certain degré de la hiérarchie vienne quelquefois à manquer. Beaucoup de genres se groupent en familles sans tribus, et beaucoup d'espèces ne forment pas des sections dans les genres.

Article 25. — Noms génériques.

Comme les noms de genres se tirent souvent du grec, et que nous autres naturalistes ne sommes ordinairement pas très versés dans cette langue, je recommanderai les indications fort claires données par M. Dall[1] pour la traduction des lettres grecques en latin.

M. Saint-Lager[2] a donné des directions analogues, moins complètes, mais bonnes à consulter. Je note seulement que selon lui η du grec répond à *è* (comme Aloe pour ἀλοη), tandis que plus souvent les latins traduisaient cette lettre par *a* (bibliotheca, dialectica, Hecuba, etc., etc., répondant à des mots grecs terminés par η). Cette désinence en *a*, si fréquente chez les classiques et dans les livres de botanique, donne des noms latins plus faciles à décliner que ceux en *e*.

Les noms génériques sont essentiellement des noms propres. De là, plusieurs conséquences dont je parlerai plus loin.

Article 26. — Noms des subdivisions de sections.

La rédaction de l'article admet des noms substantifs pour les sous-sections et autres subdivisions de sections, mais l'expérience paraît avoir montré que des adjectifs, de simples signes typographiques ou des lettres sont préférables. Il y a déjà tant de noms génériques et de sections sous la forme de noms substantifs qu'il vaut mieux ne pas en introduire d'autres, qui gros-

[1] Nomenclature, p. 55.

[2] Réforme, p. 11.

sissent les index. Quand un ancien genre est considéré comme sous-section, le mieux est d'indiquer son nom en synonyme, *après* les caractères de la sous-section, au lieu d'en faire un nom de sous-section, afin de ne pas créer des noms inutiles (art. 3, alinéa 2).

Article 33. — Noms d'espèces tirés de noms d'hommes.

Cet article, introduit pendant la discussion du Congrès et qui n'était pas dans le projet, aurait dû être mis comme simple recommandation dans l'article 36. Une foule de noms ont été faits sans égard à la distinction qu'il indique, et personne, je présume, ne prendrait sur soi de les changer, puisqu'ils existent. M. Ascherson[1] demandait, peu de temps après la publication du recueil, que chacun fît ce qu'il jugerait à propos dans la construction de noms de cette sorte. C'est bien ce qui est arrivé. L'article est tenu pour nul.

Article 34. — Sur les noms d'espèces forme de substantifs.

Linné et les auteurs subséquents ont introduit des noms tels que Digitalis *Sceptrum,* Coronilla *Emerus,* Indigofera *Anil,* Cestrum *Parqui,* etc., etc.

M. Saint-Lager, qui met au-dessus de la loi de priorité les règles ou les usages de la linguistique, propose de changer tous ces noms. Il en cite deux ou trois cents qu'il qualifie en bloc de « Charabia et galimatias[2]. »

Pour nous qui partons de l'idée qu'un nom est une manière quelconque admise pour désigner un objet et que le premier nom donné doit être maintenu, à moins de motifs exceptionnels d'une très grande force, nous recommandons de ne pas changer les noms spécifiques dont il s'agit.

Leur nature n'est pas aussi éloignée des autres noms d'espèces qu'il ne semble au premier aspect. Ce sont des épithètes, car *Digitalis Sceptrum* veut dire le *Digitalis* appelé par d'au-

[1] Bot. Zeit., 1868, p. 342.

[2] Saint-Lager, Réforme, etc., p. 118-141.

ciens auteurs *Sceptrum; Indigofera Anil* signifie l'*Indigofera* appelé par certains peuples *Anil,* etc. Il y a un mot sous-entendu, comme disent les grammairiens : *Digitalis* (olim) *Sceptrum; Indigofera* (vulgo) *Anil,* etc. Au lieu de rappeler une forme, le nom rappelle une ancienne désignation, un nom vulgaire ou un emploi économique. L'avantage, toujours désiré, que les noms d'espèces indiquent un caractère, existe complètement, car il est aussi utile de rappeler l'histoire d'une plante ou ses noms que la forme de ses feuilles ou de sa fleur. La lettre capitale, mise exceptionnellement aux noms de cette forme, fait comprendre qu'il y a un mot sous-entendu.

Il va sans dire qu'un tel nom, une fois fait, profite de la loi de priorité, et ne peut pas plus être changé que tout autre. Mais, dans quel cas convient-il de faire des noms de cette sorte? C'est ce qu'il est bon d'examiner.

Lorsqu'on fait passer une espèce d'un genre dans un autre, il est avantageux de conserver un indice de la transmission. Dans les cas ordinaires on garde le nom spécifique. Cependant, si l'espèce constituait à elle seule un genre, comme le nom générique a plus d'importance que l'épithète spécifique, il y a de justes motifs pour conserver le nom générique. C'est une excellente manière de rappeler ou de signaler l'ancien nom et aussi le fait qu'on croyait jadis l'espèce assez particulière pour constituer un genre. De bons auteurs ont préféré, dans ce cas, conserver le nom spécifique. Ils pouvaient le faire, et ce qu'ils ont fait reste nécessairement dans la science, mais le nom générique me paraît meilleur à conserver. Ainsi, en réunissant le *Thea* au genre *Camellia, Camellia Thea* m'aurait paru un meilleur nom que *Camellia chinensis. Camellia theifera,* imaginé de toutes pièces par Griffith, est contraire aux règles, puisque l'ancien nom était *Thea chinensis.*

Article 36. — Conseils pour les noms nouveaux d'espèces.

Le 5° de l'article me paraît trop favorable à la publication de noms inédits. Il est vrai que le 3° de l'article 47 blâme la publication de ces noms lorsqu'ils tombent immédiatement parmi les synonymes, attendu que l'auteur qui les cite ne les adopte pas; mais nous verrons plus loin, à l'occasion de l'article 50, les difficultés causées par les noms inédits qu'un auteur adopte. Il faudrait au moins ajouter à la fin du 5° de l'article les mots : « Ou que l'auteur n'en ait pas approuvé d'avance la publication. »

ARTICLES 37 ET 39. — NOMS D'HYBRIDES ET DE MÉTIS.

La première partie de l'article 37 est due à la commission du Congrès et au Congrès plutôt qu'au rédacteur. Je dirais mes objections si le nombre des cas dans lesquels la nomenclature indiquée est possible n'était excessivement limité. Il faut en effet « *une origine démontrée par voie d'expérience.* » Rien de plus rare ! Presque tous les hybrides de plantes spontanées dont on parle sont présumés, et l'espèce qu'on suppose avoir servi de père ou de mère est encore plus incertaine.

Quant aux hybrides dont on connaît l'origine, — qui sont fréquents dans les jardins, — le procédé employé par M. Focke [1], pour indiquer les parents, mérite d'être recommandé :

Digitalis lutea ♀ × purpurea ♂.

Digitalis purpurea ♀ × lutea ♂.

ARTICLE 40. — NOMS DE VARIÉTÉS CULTIVÉES.

L'emploi de noms de fantaisie pour les modifications d'espèces obtenues dans les jardins, a été recommandé de nouveau, avec autorité, par le judicieux directeur du *Gardener's Chronicle* [2]. Il indique, comme un des meilleurs procédés, de nommer ces formes d'après l'horticulteur qui les a obtenues (*William's Croton, Paul's Cratægus,* etc.). Lorsqu'un *Pelargonium*, dit-il, est le produit de cinquante ou cent croisements, des noms tels que *carneum, longifolium*, etc., ne font que jeter de la confusion, en mêlant des produits artificiels avec les espèces naturelles. Puissent les horticulteurs écouter ces excellents conseils !

[1] Œsterreichische botanische Zeitschrift. 1882, p. 9.

[2] Masters, On the nomenclature of garden plants (*Journal of the hortic. soc.*), mémoire présenté dans la séance du 19 nov. 1878.

ARTICLE 42. — CONDITIONS DE LA PUBLICITÉ.

Il s'est introduit depuis quelques années un genre de communications imprimées ou autographiées, que l'on ne connaissait pas en 1867. Plusieurs sociétés de botanistes, en France, en Angleterre, en Allemagne et ailleurs peut-être, se sont constituées pour faire des échanges d'échantillons, accompagnés de listes ou de notes plus ou moins développées, qui contiennent quelquefois des noms nouveaux. J'entends des listes ou notes qui ne sont pas dans un journal, mais qu'on distribue seulement aux associés, sans les mettre en vente. Elles ne présentent pas l'une des conditions jugées nécessaires pour une véritable publicité, savoir la distribution *dans le public*. Jusqu'à ce qu'un journal ait dévoilé leur incognito, elles restent dans la demi-obscurité de papiers communiqués à des amis. Les noms nouveaux qu'elles renferment ne peuvent pas compter dans une question de priorité, puisque le public est censé les ignorer.

Je signale ce point aux membres des associations d'échanges. Il leur est facile de parer à l'inconvénient, au moyen d'une mise en vente d'exemplaires à une date certaine, ou ce qui vaut mieux encore, en publiant leurs listes dans un journal.

Le Congrès s'est montré indulgent pour les distributeurs de plantes numérotées, lorsqu'il a considéré les noms imprimés sur des étiquettes comme publiés et prenant date, moyennant une distribution aux principales collections publiques. A la rigueur, et en raison de l'article 46, il faudrait, selon la remarque du Dr J. Müller [1], une indication des caractères qui paraissent à l'auteur motiver l'établissement nouveau d'un genre ou d'une espèce. On peut dire cependant que la vue d'un échantillon ou même d'une planche, en apprend quelquefois plus que l'énoncé bref ou imparfait de caractères.

Du reste, il y a fort peu de collections qui réunissent toutes les conditions exigées dans l'article 42. La plupart ne contiennent pas de noms, ou sont déposées dans un ou deux herbiers seulement, ou n'ont pas été distribuées avec une date connue. Les noms qui s'y trouvent sont en réalité, le plus ordinairement,

[1] Flora, 1874, p. 89.

des noms inédits, que les auteurs sont libres d'adopter ou de négliger quand ils publient et qui, jusqu'au fait de la publication, n'ont pas droit à la priorité.

ARTICLE 46. — GROUPES NOMMÉS SANS CARACTÈRE.

Un nom de genre, d'espèce ou autre, ayant été publié sans aucune explication, il peut arriver que, plus tard, un auteur constate, dans un manuscrit ou dans un herbier, ce que l'on avait entendu par ce nom. Si l'auteur publie cette remarque, il n'en résulte pas que le nom primitif date de la première publication. Le nom était nul, faute de pouvoir être compris ; donc il ne peut primer les noms qui auraient été donnés ensuite avec des caractères. Un nom inintelligible n'a pas plus de valeur que s'il avait été écrit dans un herbier ou déposé dans un paquet cacheté. Son existence inconnue ne peut vicier un nom expliqué et publié.

La fin de l'article 46 est incomplète. Aux mots : « Il en est de même d'un genre, » nous aurions dû ajouter : *« ou d'un autre groupe nommé ou annoncé »* sans être caractérisé. En effet, ce qui est inintelligible ne peut jamais compter [1].

Nous verrons, dans l'article sur les plantes fossiles, que plusieurs géologues considèrent comme inintelligible toute description qui n'est pas accompagnée de figure.

ARTICLE 47. — INDICATION NÉCESSAIRE DE LA NATURE D'UN GROUPE.

La recommandation du 2° de l'article est beaucoup trop négligée, surtout chez les cryptogamistes. Beaucoup d'entre eux mentionnent un groupe sans dire si c'est, dans leur opinion, une famille ou une tribu, une classe ou une famille. Il en résulte des inconvénients pour la synonymie et dans les index. On ne

[1] Des noms soi-disant de familles ou de tribus, ou en ayant l'apparence, mais sans désignation de caractères et sans mention d'un auteur ayant donné des caractères sont malheureusement assez communs dans les publications sur les Cryptogames et sur les plantes fossiles.

sait comment appeler un nom lorsqu'il a une qualité vague dans la série des groupes, ou quand il est désigné par un terme qui n'entre pas dans ceux de la hiérarchie usitée (l'article 10), comme *compagnie, corporation* ou en latin *consociatio,* etc.

Voir les observations sur l'article 36, 5°, qui justifient la fin de l'article 47.

Article 48. — Citation des noms d'auteurs.

Le principe essentiel, qui doit diriger dans toute citation de nom d'auteur, est celui-ci : *Ne jamais faire dire à un auteur ce qu'il n'a pas dit;* on pourrait même ajouter ce qu'il n'a pas dit *clairement.* C'est une application du principe, beaucoup plus général, de ne pas faire aux autres ce que vous ne voudriez pas qu'il vous fût fait [1].

Plusieurs naturalistes n'observent pas cette règle, tantôt par inattention et tantôt, ce qui est plus singulier, par un sentiment erroné de justice. Ainsi, on attribue assez souvent à un auteur une famille, tandis qu'il avait fait du groupe en question une tribu; on lui attribue un sous-genre lorsqu'il en avait fait un genre, ou vice-versa. Ce sont des causes d'erreur et d'obscurité contre lesquelles je me suis déjà prononcé [2].

Le but de la citation du nom d'auteur est mal compris par quelques personnes. Ce n'est que l'abrégé d'un renseignement bibliographique, destiné à faire constater, sans de longues recherches, la date d'un nom qui fixe la priorité. M. Asa Gray m'a témoigné le désir que ce fût exprimé dans l'article et je m'y suis conformé, par l'addition de quelques mots.

Quelquefois on est embarrassé lorsqu'il faut citer l'auteur d'un groupe. Je vais indiquer un moyen pratique, applicable dans tous les cas :

Ecrivez le nom du groupe, avec la citation de l'ouvrage dans lequel il a été publié pour la première fois, par exemple :

Bidens Linné Genera, n° 932.

Bellevalia romana Reichenbach, Fl. germ. excurs., p. 105.

Retranchez ce qui suit le nom de l'auteur, vous avez : Bidens Linné, Bellevalia romana Reichenbach.

[1] A. de Candolle, *Bull. soc. roy. de bot. de Belgique*, vol. XV, 1876.

[2] *Bull. soc. roy. de Belgique*, ibid.

L'avantage de ce procédé est de ne jamais attribuer à un auteur ce qu'il n'a pas publié, car s'il n'y a pas eu de publication, vous ne pouvez citer ni titre ni page.

Inversement on peut vérifier l'exactitude d'une citation d'auteur en cherchant dans quelle publication il a mis le nom ou les noms qui lui sont attribués. Si l'on n'en trouve pas, c'est que la citation est erronée. Beaucoup de citations modernes ne résistent pas à cette épreuve.

J'ai combattu souvent [1] les innovations qui consistent à mêler avec les noms d'espèce et d'auteur l'histoire des noms qui ont précédé. Je n'ai pas eu l'avantage de convertir quelques naturalistes dont j'estime beaucoup le mérite, mais d'autres en assez grand nombre [2] m'ont appuyé expressément. Je voudrais montrer ici, sans rentrer dans le fond de la question, que les procédés dont je parle tendent à détruire deux des principaux avantages de la nomenclature linnéenne des espèces, la clarté et la brièveté. Cette nomenclature est censée binominale, mais comme on ajoute presque toujours le nom d'auteur, elle est plutôt trinominale. Or, les procédés inventés par quelques zoologistes, imités en botanique par M. Bubani d'abord [3] et ensuite par d'autres, rendent la nomenclature quadrinominale et même quelquefois plus longue, attendu qu'il y a plusieurs manières de mélanger l'histoire d'une espèce avec sa désignation.

La commission de zoologistes de l'Association britannique, en 1842, avait recommandé d'indiquer entre parenthèses le nom du premier auteur de l'espèce, quel que soit le genre différent auquel on l'a rapportée depuis. *Muscicarpa crinita Linné* devient *Tyrannus crinitus Linné* (*sp.*), ou si l'on veut *Tyrannus crinitus (Linné)*.

M. Bubani a suivi une forme plus explicite, *Thlaspi rivale (Cupani) Presl*, indiquant que Cupani a distingué le premier la plante et que Presl l'a rapportée au genre Thlaspi.

[1] Commentaire, p. 45 à 55; Phytographie, p. 360, 464.

[2] La commission du Bulletin de la Société botanique de France, 1860, p. 438 ; Caruel, *Ibid.*, 1864, p. 11 ; Malinvaud, *Ibid.* 1881, p. 10 ; Caruel, *Journal of botany*, 1877, p. 282; Trimen, *Journal of botany*, 1878, p. 189, 1878, p. 170 ; D. Jackson, *Ibid.* 1881, p. 76, sans parler d'une multitude d'auteurs de flores, de monographies ou de *Genera* qui ont suivi l'ancien procédé de citation.

[3] Bubani, Dodecanthea, in-8°, Florentiæ, 1850.

Plus loin il donne *Helianthemum croceum (Clusii, Cupani, Micheli) Persoon,* en quoi il se montre plus conséquent que tout autre sectateur des nouveaux procédés. En effet, lorsqu'on veut intercaler dans la désignation d'une espèce les auteurs qui méritent un hommage, il faut citer celui qui l'a décrite le premier (peut-être fort mal), celui qui l'a classée le premier dans son vrai genre, celui ou ceux qui en ont publié la meilleure description, celui qui en a donné une bonne figure, et dans certains cas, le collecteur qui a rapporté la plante d'un pays lointain, en exposant peut-être sa vie.

D'autres botanistes se sont contentés d'une histoire plus développée que celle de l'Association britannique, mais plus claire que celle du Thlaspi de Bubani : *Evax exigua (Sibthord sub Filago)*, ou *Matthiola tristis Linné (Cheiranthus).*

Les zoologistes disent quelquefois[1] *Crania craniolaris Nilsson ex Linne*, ce qui présente deux sens : ou que Linné aurait parlé d'un genre Crania et de Nilsson, ce qui est impossible, ou qu'on a pris dans Linné quelque chose concernant l'espèce.

Lisons maintenant à haute voix, ou dictons ces désignations d'espèces, et comptons ce qu'elles renferment de mots :

Procédé linnéen.

Muscicarpa crinita Linné. . . . . 3 mots.

Nouveaux procédés.

Tyrannus crinitus, en parenthèse Linné. . . . . 5 »
Tyrannus crinitus Linné, en parenthèse species . . . 6 »
Thlaspi rivale, en parenthèse Cupani, Presl. . . . . . . 6 »
Evax exigua, en parenthèse Sibthorp sub Filago. . 7 »
Matthiola tristis Linné, en parenthèse Cheiranthus Brown . . . . 7 »
Helianthemum croceum,—ouvrez parenthèse, Clusii, Cupani, Micheli— fermez parenthèse, Persoon. . 10 »

C'est bien un retour aux *phrases*, dont le génie éminemment pratique de Linné avait délivré l'histoire naturelle.

[1] Ce procédé est celui que M. Crépin (La nomenclature au Congrès de Paris) recommande dans une discussion loyale et développée, où il conclut dans un sens opposé au nôtre.

Lorsqu'un botaniste propose un nom nouveau, qui n'est même pas dans un document inédit, il lui est impossible de citer un auteur; par conséquent l'absence de nom d'auteur à la suite d'un nom de groupe suffit pour avertir que le nom est nouveau. Linné, de Lamarck, de Candolle, R. Brown, de Martius, Blume, etc., etc., l'estimaient ainsi. C'est donc une complication inutile, chez beaucoup de modernes, de mettre *mihi*, *nobis*, *sp. nov.*, *gen. nov.*, à la suite d'un nom nouveau. La grande majorité des espèces, genres et familles, a été introduite dans les livres sans ces indications d'une nature toute personnelle.

Article 50 — Citation des auteurs de noms inédits.

Cet article est contesté. Plusieurs botanistes éminents, surtout en Angleterre et en Amérique, refusent de l'appliquer. Les motifs que j'avais donnés dans le commentaire, p. 57, et dans le Bulletin de la Société botanique de France, du 26 février 1869, n'ont pas été jugés par tout le monde suffisants, bien qu'on les ait aussi approuvés et qu'ils me paraissent toujours d'une grande force. La discussion a été rouverte récemment dans le *Journal of botany*, où l'on trouve des arguments nouveaux exposés d'une manière très lucide[1]. Je n'essaierai pas de les reproduire ici, parce qu'il faudrait les traduire intégralement, et que d'ailleurs chacun peut en prendre connaissance dans le *Journal*, mais je signalerai quelques idées judicieuses contenues dans ces articles et j'indiquerai ensuite un procédé pour la citation de noms inédits qui rapproche les deux modes actuellement usités.

Disons d'abord que l'article 50 nous avait paru une conséquence forcée des articles 41 et 43, qui font de la *publication* d'un nom la condition du droit de priorité. Si la publication, à une certaine date, n'était pas un point essentiel, il ne vaudrait pas la peine d'ajouter un nom d'auteur. On pourrait se contenter de le mentionner dans la synonymie. Nous sommes partis encore d'un second principe: que l'indication du nom d'auteur est un détail bibliographique — l'abrégé de la citation d'un ouvrage, — et nullement une dédicace ou la reconnaissance

[1] Britten, p. 53; Daydon Jackson, p. 104; A. Gray, p. 173; Trimen, p. 238; dans *Journal of botany*, 1882.

d'un droit. Les dédicaces ou hommages s'expriment par d'autres formes bien connues, et, dans les matières scientifiques, le droit appartient à la personne morale appelée *Science*, qui peut tout changer quand elle estime que cela lui convient. Ces deux principes ont été admis d'une manière assez générale, et plusieurs botanistes ou associations de botanistes les ont même répétés expressément dans leurs publications[1]. Pour ce qui me concerne, adoptant ces deux principes, il me répugnait beaucoup de me mettre en contradiction avec moi-même. Heureusement on a émis des réflexions propres à diminuer les inconvénients que peut entraîner l'article 50, et je crois possible, comme je le disais tout à l'heure, de concilier les deux modes de citation des noms inédits, au moyen d'un troisième, usité jadis par Steudel et de Candolle.

Une première bonne remarque est de M. Asa Gray[2], lorsqu'il recommande de ne pas attribuer un nom inédit à un naturaliste, à moins d'avoir la preuve qu'il en est véritablement l'auteur. Selon lui les indices, les suppositions ou la tradition ne suffisent pas. Il faut une assertion publique de l'auteur ou de celui qui publie le nom inédit. Ce n'est pas toujours ce qui arrive. Par exemple, on a des raisons de croire que de Jussieu a aidé Palisot de Beauvois dans la Flore d'Oware et Bénin, que Richard a fait une partie de la Flore de l'Amérique septentrionale de Michaux, que Brown est pour beaucoup dans la seconde édition de l'*Hortus Kewensis* d'Aiton, etc., mais il est impossible de savoir quelles espèces et quels genres ont été nommés, décrits et communiqués par ces auteurs, à moins de rencontrer quelque note qui l'exprime positivement. Dans ces exemples il est indiqué de mentionner le seul auteur connu exactement, celui qui a publié.

Par extension du même raisonnement, je dirai : s'il n'est pas certain que tel nom inédit a été donné par un voyageur ou un botaniste, comment peut-on l'attribuer au dit voyageur ou

[1] Commission du Bulletin de la Société botanique de France, 1860, p. 438; — Bentham, *Linn. Soc. journal*, 17, p. 190; Caruel, *Journal of Botany*, 1877, p. 282; Ball, *Ibid.*, p. 358; D. Jackson, *Journal of Botany*, 1882, p. 76. La Société botanique de France a renouvelé, le 24 mars 1882, la déclaration qu'elle adhère au recueil des lois de 1867. Dall, Nomencl. p. 38, admet notre article 50.

[2] *Journal of Botany*, 1882, p. 173.

botaniste? Ainsi, Bertero avait envoyé ses plantes d'Amérique à Balbis. Celui-ci les communiquait simultanément à Sprengel et à de Candolle, en 1820 et 1821. Les étiquettes de l'herbier du *Prodromus* portent souvent le nom qui a été publié par Sprengel, dans le premier volume de son *Systema*, en 1825. Est-ce alors un nom suggéré par Balbis? ou Sprengel (qui se l'attribue, sans mentionner Balbis) l'avait-il donné à Balbis et publié plus tard? On trouve dans l'herbier Boissier beaucoup de plantes de Pavon, nommées par lui, mais non publiées dans ses ouvrages ou dans ceux de Ruiz et Pavon. Il y a d'autres plantes de Pavon dans l'herbier de Florence, et Lambert en possédait, qui ont été dispersées. Est-on bien sûr que la même espèce n'a pas été nommée de deux manières différentes dans ces divers herbiers, ou que le même nom n'a pas été donné par Pavon à deux espèces? Dans une suite d'années un voyageur ou botaniste quelconque peut regretter un nom et le changer [1]. Un horticulteur peut avoir répandu une plante sous un nom et ensuite sous un autre. En général, quand on relève des noms inédits, on s'aperçoit qu'ils offrent souvent des ambiguités ou des incertitudes qui contrastent avec la qualité patente et positive des noms publiés. Citer les voyageurs pour les localités de leurs plantes et avec les numéros, s'ils en ont donné, c'est très bien; mais pour des noms qu'ils ont peut-être improvisés et qu'ils n'auraient peut-être pas aimé voir publier, c'est autre chose. Il est bon d'user de prudence à cet égard, ou de s'abstenir, puisque d'ailleurs, pour la date de priorité, les noms inédits sont subordonnés à la publication effective.

Une autre bonne remarque — celle-ci de M. Trimen [2] — est qu'il faut distinguer la première publication d'un nom inédit de la citation ultérieure de ce nom. Lorsque vous trouvez, dans un herbier ou un manuscrit, un nom pour un genre nouveau ou une espèce nouvelle, vous êtes disposé à le citer, surtout s'il est accompagné de notes indiquant qu'il n'a pas été mis sans exa-

[1] Le Dr J. Müller a mis souvent des noms dans notre herbier, aux espèces qu'il croyait nouvelles, mais il a eu soin de dire dans un journal (*Flora* 1874, p. 123), qu'il n'en est pas responsable, et que si quelqu'un juge à propos de les publier, c'est celui-là qui en sera l'auteur. Bien d'autres n'ont rien dit et pensent toutefois qu'on est responsable seulement de ce qu'on publie.

[2] *Journal of botany*, 1882, p. 238.

men. C'est pour cela qu'on trouve dans les ouvrages un assez grand nombre d'espèces nouvelles intitulées, par exemple, Cynoglossum ciliatum *Douglas mss.,* ou Cleome latifolia *Vahl ined.* Mais, plus tard, quand on a voulu indiquer aux lecteurs dans quels ouvrages et à quelles dates ces noms ont acquis le droit de priorité par la publication, il a convenu, pour ne pas égarer le public, de mettre : *Douglas ex Lehmann Pugillus, p. 24,* ou *Vahl in DC. Prodr. 1, p. 239.* Malheureusement ces additions disparaissent quand on intitule les espèces Cynoglossum ciliatum *Douglas* et Cleome latifolia *Vahl.* Les personnes qui cherchent les descriptions de ces plantes ou la date de leurs noms se trouvent dans un grand embarras, car Douglas n'a rien publié, et dans les nombreux ouvrages de Vahl on chercherait inutilement un Cleome latifolia.

L'indication de l'auteur qui a produit dans la science le nom et l'espèce, en les publiant, est évidemment plus utile à connaître que celle de l'auteur du nom inédit. Cependant, puisque beaucoup de botanistes tiennent à mentionner indéfiniment celui-ci, ils pourraient indiquer l'un et l'autre, comme l'ont fait de temps en temps de Candolle dans le Prodromus, et Steudel dans son *Nomenclator*, et comme le suggérait M. Asa Gray dans un article que j'ai traduit en 1869. On peut voir dans le Prodromus, 2, p. 349, 350, trois synonymes notés ainsi :

Hedysarum reticulatum Muhl. in Willd. ;

et dans Steudel :

Bryonia odorata *Hamilt in Wall. Cat.*
Oxalis lineata *Gillies in Hook.*
Euphorbia cuneifolia *Guss. in Ten.*
etc., etc. [1].

En parlant du genre Leptocaulis, que le *Prodromus*, vol. 4, p. 107, indique comme étant de *Nutt. in litt.,* M. Asa Gray [2] pense qu'il faut l'appeler Leptocaulis *Nutt. in DC.*

Si l'on obtient des rédacteurs d'index de conserver ces doubles citations, les botanistes comprendront bien qu'il faut chercher les descriptions dans le second auteur, et il faut convenir que deux noms ne sont pas plus embarrassants à

[1] Cependant Steudel a mis quelquefois dans des cas identiques l'indication seule de l'auteur du nom inédit.

[2] *American journal of science,* July 1868 ; Bull. Soc. Bot. France, 1869, p. 77.

citer que Rœmer et Schultess, Ruiz et Pavon, Chamisso et Schlechtendal, etc., qu'on est obligé de réunir, dans un autre sens. Le procédé de la double citation n'est pas absolument contraire aux articles 41 et 48 comme celui de la citation du seul nom inédit. Il à seulement l'inconvénient théorique d'attribuer une valeur à des noms qui n'en avaient pas dans la science, attendu qu'ils n'étaient pas nés, c'est-à-dire publiés, et qu'on ne sait pas au juste si leurs auteurs en auraient approuvé la publication.

M. D. Jackson est d'accord avec M. A. Gray et moi pour la double citation de noms sous la forme indiquée.

L'embarras causé par les noms inédits est un avertissement pour les collecteurs et les propriétaires d'herbiers. Dans beaucoup de cas ils ont raison de ne mettre aucun nom, mais quand ils en mettent qu'ils se hâtent au moins de les publier d'une manière intelligible! L'article 42 indique aux collecteurs le minimum de ce qu'ils ont à faire pour cela. Beaucoup suivent cette indication et s'en trouvent bien. D'autres se contentent de mettre des numéros et s'en trouvent encore mieux, car des noms mis sans une étude spéciale sont souvent erronés et nuisent à la considération de leur auteur, tandis que des numéros n'entraînent aucun reproche [1].

Article 52. — Abréviation des noms d'auteur.

Les abréviations de noms d'auteurs trop grandes ou mal faites deviennent de plus en plus incommodes, à mesure que le nombre des auteurs augmente. Dans le siècle dernier on avait à citer cent ou deux cents noms tout au plus. A présent il a existé ou il existe des milliers de botanistes. Comment deviner par quelques lettres, une foule de noms d'auteurs qui ont décrit des espèces dans les journaux, les catalogues ou les flores? Il faudrait du moins que les abréviations ne fussent pas trop gran-

[1] Pendant l'impression je reçois une lettre de sir Joseph Hooker, dans laquelle, au milieu de réflexions de diverse nature, il me demande de réprouver la publication de noms inédits. J'estime être bien entré dans ses idées et dans celles du Dr Asa Gray, en demandant que les publications de noms inédits soient faites rarement, lorsqu'elles sont certaines et avantageuses par quelque motif particulier.

des et quelles fussent conformes à l'usage latin. L'abus s'accroît d'une telle manière qu'on sera obligé bientôt de recourir à la réforme radicale de ne plus abréger aucun nom.

Au fait nous sommes assez ridicules, en histoire naturelle, avec nos abréviations qui empêchent un zoologiste de lire à haute voix un nom de plante avec le nom d'auteur, ou un botaniste, un nom d'animal, attendu que l'ensemble des naturalistes ne connaît à peu près, en fait d'abréviations, que L. pour Linné. Que penserions-nous des ouvrages de physique et de chimie, s'ils donnaient N. pour Newton, Lav. pour Lavoisier ? et de ceux d'histoire s'ils écrivaient Cés. pour César ? Ce serait bien pis si l'on abrégeait Lavoisier par Lvs. et César par Csr. Encore, je suppose des noms célèbres, mais les trois quarts des auteurs dont il est question dans les livres sont peu connus.

Heureusement il n'existe pas une seule branche des connaissances, excepté l'histoire naturelle, où l'on ne mentionne les noms propres en entier. Nos abréviations sont une cause de défaveur jetée sur les livres de zoologie et de botanique. Nous désirons que les noms scientifiques soient plus usités, et nous les accompagnons de lettres qui sont comme des hiéroglyphes pour le public, tellement que nous-mêmes avons souvent de la peine à les comprendre !

Je me suis prononcé ailleurs [1] contre l'habitude de trop abréger et surtout contre les abréviations mal faites. Il ne convient pas encore de demander — ce qui sera nécessaire dans quelque temps — de renoncer à toute abréviation, mais à quoi sert d'abréger les noms d'une et même de deux syllabes ? Convenons aussi que dans les ouvrages destinés au grand public, hors du cercle des naturalistes, l'abandon total des abréviations serait bien convenable, pour plus de clarté et pour familiariser tout le monde avec des noms d'auteurs qu'il est bon de connaître.

[1] *Commentaire*, pages 58-60; *Phytographie*, p. 275, 360, 464. Aux abréviations inintelligibles, contraires à la règle latine (art. 52) dont j'ai parlé, je pourrais ajouter Nke pour Nitschke et Awd pour Auerswald, qui se trouvent dans un cahier récent des *Annales des sciences naturelles*, Sch. pour je ne sais qui, G. G. pour Grenier et Godron, S. et M. pour Sébastiani et Mauri, Crn pour Crouan, et bien d'autres que j'ai rencontrés dans des ouvrages récents. Crn me paraissait tellement obscur que j'ai eu la curiosité d'écrire à l'auteur pour savoir de qui il avait voulu parler. Il est convenu, dans sa réponse, qu'il aurait mieux fait d'écrire Crouan.

M. Ferd. de Mueller a supprimé toute abréviation de noms dans une flore populaire de Victoria [1]. Je l'ai imité dans mon récent ouvrage sur l'*Origine des plantes cultivées*. Il n'en est pas résulté une page, peut-être même une demi-page de plus sur l'ensemble du volume.

ARTICLES 53 A 58. — DES NOMS A CONSERVER LORSQU'UN GROUPE EST RÉUNI A D'AUTRES OU DIVISÉ.

Il s'était élevé jadis des doutes [2] sur le maintien, comme règle générale, de l'ancien nom de genre ou d'espèce dans le cas de séparation des éléments du groupe. Lorsque j'ai revu cette question en 1869 [3], il m'avait paru convenable de ne rien changer aux dispositions adoptées par le congrès. Aujourd'hui je regarde comme inutile de reprendre la discussion, puisque plusieurs sociétés et M. Dall, qui ont eu notre travail sous les yeux, n'ont fait aucune objection ou même ont reproduit textuellement nos articles [4].

Du reste, pour qu'une règle soit appliquée dans un cas particulier, il faut évidemment qu'elle soit applicable. Par exemple, dans le cas d'une division d'espèce en plusieurs, si l'on ne peut pas découvrir à laquelle ou auxquelles des formes répondait l'ancien nom, il est clair qu'on ne peut pas le conserver [5]. Ce nom devient un synonyme douteux de l'une des nouvelles espèces. On évite ces complications de synonymie en appelant sous-espèces ou variétés les formes qu'on désire distinguer, de la même manière qu'en établissant des sections, au lieu de créer de nouveaux genres, on simplifie la nomenclature des genres.

L'usage de conserver l'ancien nom spécifique lorsqu'on fait passer une espèce d'un genre dans un autre (art. 57) est bien

[1] *The native plants of Victoria*, in-8°, Melbourne, 1879.

[2] Lejolis, lettre citée par A. de Candolle en 1869, et le même dans Rédaction des flores locales, 1874 ; Ball, *Journal of botany*, 1877, p. 360.

[3] *Bulletin de la Société botanique de France*, 1869, p. 64.

[4] *Association Britannique*, édition de 1878, p. 9 ; *Société zoologique de France*, 1881, p. 4 ; et surtout Dall, *Nomenclature*, 1877, p. 39.

[5] C'est le cas, selon M. Lejolis du Filago germanica, L. qu'on ne sait à quelle forme attribuer parmi celles appelées spécifiques par Jordan et autres botanistes.

établi. Cependant on l'a critiqué, au moins comme règle obligatoire, basée sur le principe de la priorité. On soutient alors qu'une espèce est désignée par l'assemblage de deux noms, et que l'un de ces noms étant abandonné l'autre tombe avec lui, ce qui permet d'en créer un nouveau. Le raisonnement serait fondé si le nom de genre et celui qu'on ajoute pour l'espèce n'avaient chacun son sens particulier. En sortant une espèce d'un genre on détruit sa désignation générique, mais on respecte sa qualité d'espèce. Pourquoi changer de nom puisque la chose subsiste ?

Il y a évidemment de l'avantage à conserver l'ancienne épithète de l'espèce pour servir en quelque sorte de fil conducteur de l'un des genres à l'autre.

On raisonne de la même manière dans d'autres nomenclatures. Ainsi quand un individu obtient de changer son nom de famille on laisse subsister le nom de baptême. Quand une rue est classée dans un autre quartier on ne change pas son nom.

ARTICLE 59-66. — DES NOMS A REJETER OU MODIFIER ET DE CEUX QU'IL CONVIENT DE CONSERVER MALGRÉ CERTAINS DÉFAUTS.

Depuis deux ans une opposition complète de vues s'est manifestée, — en dehors il est vrai du cercle général des botanistes — sur les changements qu'on peut ou doit se permettre dans les noms mal faits et, en général, sur les changements de noms.

M. le Dr Saint-Lager [1], bibliothécaire de la ville de Lyon, propose de modifier des centaines de noms génériques ou spécifiques de plantes en raison de fautes plus ou moins graves dont il estime qu'ils sont entachés. S'il avait passé en revue les genres et espèces exotiques aussi attentivement que ceux d'Europe, ce seraient probablement des milliers de noms qu'il faudrait changer. Il propose aussi d'abandonner les noms qui expriment un pléonasme (Sagittaria sagittifolia, etc.), les noms d'espèces sous forme de substantifs (Digitalis *Sceptrum*, etc.), et d'autres encore. De cette manière, par des motifs de correction linguis-

[1] Saint-Lager, *Réforme de la nomenclature botanique*, in-8°, Lyon 1880; *Nouvelles remarques sur la nomenclature botanique*, in-8°, Lyon, 1881 ; *Les origines des sciences naturelles*, 1883 (dans les *Ann. de la Soc. bot. de Lyon*, et à part).

tique et par un désir d'élégance et d'uniformité, le savant lyonnais a introduit forcément dans les futurs index et voudrait voir introduire dans les textes descriptifs des centaines ou des milliers de noms, dont on s'est passé jusqu'à présent.

D'un autre côté, la commission du Congrès géologique international, par l'organe de M. Douvillé[1], propose de ne jamais faire exception à la loi de priorité, en particulier de ne pas admettre des changements lorsqu'un nom n'est pas d'accord avec les caractères et quand il est tiré de deux langues différentes. « Il est fâcheux, dit M. Douvillé, d'introduire dans la science des noms hybrides ou impropres, mais n'est-il pas plus fâcheux encore de changer un nom admis et déjà adopté, parce qu'on s'aperçoit d'une contradiction entre le nom et les caractères du groupe auquel il appartient. » « Les mêmes remarques, dit-il, plus loin, sont applicables à l'art. 65. » D'après cette dernière phrase, on ne pourrait pas changer en *eæ* la désinence d'une tribu qui avait été écrite d'une autre manière. La loi de priorité serait suivie jusqu'aux dernières limites, excepté pourtant dans le cas de fautes d'orthographe[2]. Celles-ci n'étant guère que des erreurs typographiques, ou pouvant, par politesse, être supposées telles, on peut dire que la commission géologique propose de n'admettre aucune exception à la loi de priorité, ni pour le fond, ni pour la forme, ni pour un nom entier, ni pour une partie. Déjà en 1869, peu de temps après la publication de notre recueil, M. Ascherson[3], dans des articles fort bien raisonnés du journal *Botanische Zeitung*, avait critiqué les dérogations que nous avions admises au principe de la priorité. J'avais répondu à quelques-unes de ses objections[4], mais le conflit qui s'élève maintenant m'oblige à traiter la question d'une manière plus approfondie.

S'il fallait choisir entre l'un ou l'autre des systèmes opposés, je n'hésiterais pas à dire que le respect absolu de la priorité l'emporte de beaucoup sur l'avantage d'avoir des noms plus corrects. La nomenclature, en histoire naturelle, n'est pas une affaire littéraire. Son objet est d'avoir une désignation pour chaque groupe. Le point essentiel n'est pas de nommer selon cer-

[1] Congrès géol. internat. *Rapports*, in-8°, Bologne 1881, p. 135, 143.
[2] Douvillé, *Rapport*, p. 136.
[3] *Botanische Zeitung*, 1869, p. 356, 357.
[4] *Bull. de la Soc. bot. de France*, 1869, p. 77.

taines formes linguistiques ou esthétiques, mais de nommer sans équivoque et sans multiplier inutilement les noms. S'il est question des genres, leurs noms ressemblent à ceux de nos familles humaines et à ceux de pays ou de villes. Ce sont des noms propres, et chacun sait que les noms de cette catégorie ne sont pas soumis aux règles ordinaires. Si l'on parle des noms d'espèces, je conviens qu'à titre d'adjectifs ils rentrent dans les règles de la grammaire et doivent avoir un sens dans la langue latine, mais est-il à propos de se montrer puriste dans une matière toute scientifique? Qu'on puisse changer un adjectif absolument inintelligible en latin, c'est un cas si rare qu'on peut bien l'admettre. Changer la terminaison en *us*, en *a* ou en *um* d'un nom d'espèce, d'après le genre masculin, féminin ou neutre du nom de genre, c'est une correction sans conséquence, qui transpose à peine les noms dans les index. Mais si l'on veut faire des changements plus graves, sous prétexte qu'un nom spécifique est contraire à la vérité, on tombe facilement dans l'abus, à cause des noms faiblement ou partiellement contraires aux caractères. J'ai déjà parlé (p. 20) des noms spécifiques analogues à des substantifs (Ammi *Visnaga*, Digitalis *Sceptrum*) que M. Saint-Lager proscrit pour n'être pas des adjectifs, mais qui le sont en réalité.

Veut-on savoir jusqu'où l'on est conduit en abandonnant le principe qu'un nom est un nom, quelque vicieux qu'il puisse être? M. Saint-Lager nous le montre en proposant de changer 733 noms d'espèces, la plupart d'Europe [1]. A ce compte il y en aurait dix ou douze mille à changer dans le règne végétal et plus encore dans le règne animal. Ce serait, pour chaque règne, un volume additionnel de noms ou synonymes, à l'encontre des efforts que font les naturalistes depuis cinquante ans pour établir la loi de priorité et avoir plus de stabilité dans les noms.

La fixité absolue des noms aurait-elle des inconvénients aussi sérieux que le défaut de fixité? Je ne le pense pas. Ce serait abonder dans le sens des principes généraux (art. 15, 16, 59), et d'ordinaire une conformité stricte aux principes est préférable à des facilités d'infraction.

Il y a cependant des motifs variés pour lesquels on a cru devoir admettre l'obligation de déroger à la loi de priorité. Ces motifs sont énumérés dans notre article 60. Je n'ai rien à dire

[1] *Réforme*, etc. 118-137.

sur les deux premiers. Ils résultent évidemment de l'article 15, qui est la base du système de nomenclature admis par tout le monde. J'ai déjà parlé du cinquième motif (5° de l'article) à l'occasion des articles 53 et suivants. Il me reste à considérer les 3° et 4° de l'article 60.

Le *tertio* enjoint de changer un nom « quand il exprime un caractère ou un attribut positivement faux dans la totalité d'un groupe, ou seulement dans la majorité des éléments qui le composent. » M. Ascherson craint que l'on n'abuse de cette règle. Il donnerait volontiers à la priorité une importance assez grande pour faire maintenir des noms contraires à la réalité des faits. Il cite à l'appui l'exemple des noms d'hommes. Effectivement on ne change pas les noms de famille quand ils sont en opposition avec l'apparence des individus. Le défaut de cette comparaison est que, dans la nomenclature des êtres organisés, on a eu fréquemment en vue d'exprimer les caractères et de rappeler au moins les plus apparents dans la composition des noms, procédé qui a eu l'avantage de soulager la mémoire et aussi de faciliter la construction de noms nouveaux. Des milliers de noms ayant ainsi été faits avec un sens, ceux qui se trouvent contraires à la vérité sont plus que défectueux, ils trompent. L'article 60 et notre ancien commentaire expliquent qu'on doit changer seulement les noms très opposés à des caractères réels. Ce serait le cas, par exemple, d'une espèce vivace qui aurait été nommée *annua*, ou d'une espèce appelée *americana* qui serait d'Asie. Excepté pour des erreurs aussi fortes, qui entraînent des idées fausses, on doit se dire qu'il vaut mieux conserver un nom quelque peu inexact que d'en avoir deux pour le même groupe.

Il y a des exemples frappants de noms plus ou moins faux qui ont été plutôt avantageux. Ainsi dans *Chrysanthemum Leucanthemum*, de Linné, l'opposition des deux noms fait sentir que la couleur des fleurs de l'espèce est exceptionnelle dans le genre *Chrysanthemum*. Le nom *Campanula rotundifolia*, contraire souvent à la réalité des échantillons, rappelle l'extrême diversité des feuilles dans l'espèce. Tel nom peu exact dans un sens strict se trouve exact dans un autre. Par exemple les Cryptogames ne sont pas sans fécondation, mais la reproduction sexuelle y est si bien cachée (κρυπτη) qu'on l'a découverte cent ans après celle des Phanérogames. Il appartient à un botaniste judicieux de s'accrocher, pour ainsi dire, à une explication ou un sens quelconque plutôt que d'admettre un nom nouveau. A cette occasion je note l'avantage des noms qui ne présentent pas un sens très précis. On a beaucoup moins de motifs pour les changer. Les noms les plus immuables sont ceux qui n'ont aucun sens, comme *Algæ, Fungi*. Ceux-là traversent les siècles et n'ont besoin d'aucune dissertation sur la nomenclature.

En définitive on a de la peine à conserver des noms d'une fausseté flagrante, mais si une fois quelque congrès s'efforce de prohiber tout changement, comme le désirent plusieurs naturalistes [1], ou de les rendre excessivement rares, selon le vœu de l'immense majorité, ce sera un bien, dût-il rester dans la science quelques mots positivement faux. Assurément ce serait moins fâcheux que des mutations rendues faciles.

Je devine l'objection des érudits : Comment fournir une étymologie dans le cas de noms contraires aux faits réels ? Je réponds : comme vous le faites vous-mêmes en disant : *lucus, a non lucendo*. Et si l'esprit positif des naturalistes répugne à ce genre d'explications, j'en indiquerai un autre, qui est de dire : tel nom a été fait arbitrairement, ou par une mauvaise dérivation du grec, ou même par ignorance de tel ou tel caractère.

L'inconvénient de changer des noms par des motifs d'érudition hellénique est d'ouvrir la porte à des contestations purement de philologie, étrangères aux sciences naturelles. Ainsi on pourra peut-être contester que le κ des Grecs soit bien traduit, en latin par C. Les Grecs prononçaient certainement κερας, comme en français keras. Tel puriste pourra donc imaginer de modifier tous les noms tels que *Orthoceras*, *Ceratocarpus*, etc. Les botanistes ont fait des noms de sections en *eu* suivi d'une voyelle (*Euarctotis*, *Euosmunda*, etc.). Un érudit voudra peut-être les changer en *Ev*, comme *Evangelium*, ce qui jetterait des centaines de noms inutiles dans les Index. Un Grec moderne, M. Crinos [2], voudrait changer *Cryptogama* en *Lantanogama*, à cause du sens du mot grec κρυπτω, qu'on traduit à tort, suivant

[1] La commission des paléontologistes et M. Ascherson ne sont pas les seuls. M. Dall a posé aux savants américains la question suivante : Un poisson dépourvu de dents a été nommé *Polyodon*, qu'un auteur a changé ensuite en *Spatularia*, à cause de la fausseté du nom. Est-ce convenable? Vingt-huit naturalistes ont blâmé le changement, treize l'ont approuvé (Dall, p. 18).

[2] *Bull. Soc. bot. de France*, 1881, *Rev. bibl.*, p. 56.

lui, par cacher. Nous ignorons quelles réflexions et quelles découvertes les hellénistes peuvent faire, et il ne convient pas que notre nomenclature en dépende[1].

On peut avoir commis la faute de tirer un nom moitié d'une langue, moitié d'une autre. Le 4° de l'article 60 déclare de pareils noms complètement inadmissibles, et, de fait, on en a changé plusieurs. J'estime à présent que nous avons eu tort[2]. Un nom bilingue peut répondre au but essentiel qui est de distinguer un groupe. Il est admis d'ailleurs qu'on peut construire un nom générique d'une manière arbitraire, même en tirant au sort les lettres ou les syllabes. Un nom moitié grec moitié latin est arbitraire. En dehors de l'histoire naturelle, le public et même les lettrés s'accommodent de ces noms fautifs sans trop de peine. On dit, par exemple, *archichancelier*, *architrésorier*, même *bureaucratie*[3], et dans le système métrique, *décimètre, centimètre, hectare,* etc. Les puristes les plus scrupuleux se servent de ces derniers mots. Personne ne les a repoussés quand le système métrique s'est répandu, parce que des changements seraient plus fâcheux que les fautes linguistiques faites à l'origine ne l'ont été.

Notre article 66, malgré toutes les restrictions et recommandations de la fin, de même que le 4° de l'article 60, ouvre trop la porte aux propositions de changements. Les publications de M. Saint-Lager le montrent bien, puisque d'après ses notions

[1] Rien ne montre mieux l'inconvénient de corriger des noms génériques en raison d'une étymologie que les manières successives selon lesquelles on a écrit *Diclytra*. Borckhausen, en 1797, dans Rœmer Archiv., I, part. 2, p. 46, dit avoir tiré le nom de δις et κλυτρον, en allemand Sporn (en latin calcar). Chamisso et Schlechtendal, en 1826 (Linnæa, p. 556), ont cru bien faire en changeant le nom en *Dielytra*, supposant (sans le dire) qu'il s'agissait d'une comparaison avec des élytres d'insectes, mais Bernhardi (Linnæa, 1833, p. 468), voyant sans doute que calcar se dit en grec κεντρον et non κλυτρον, a substitué *Dicentra*, qu'il attribue par erreur à Borkhausen. Endlicher a adopté Dicentra, mais Diclytra et Dielytra persistent dans les livres. Ainsi, pour plus d'érudition, les ouvrages de botanique se sont chargés de trois noms pour le même genre. N'aurait-il pas mieux valu garder le premier, Diclytra, en le considérant comme un nom arbitraire? — C'est à quoi conclut M. A. Gray, qui a le premier remarqué l'erreur faite dans la citation de Borkhausen (Bull. of Torrey Club, 1878, p. 277).

[2] C'est aussi l'opinion de M. Asa Gray (Lettre du 20 mars 1883).

[3] Voir le Dictionnaire de l'Académie.

d'helléniste, il demande de changer Dianthus en *Diosanthos*, Achillea en *Achillios*, Myricaria en *Myrice*, Vincetoxicum en *Alexitoxicon*, Mentha en *Minthe*, Ajuga en *Abiga*, etc., etc. Aucun botaniste n'hésitera, dans ces exemples, à dire : ce sont des noms nouveaux, qui sont mort-nés, parce qu'il y a des noms plus anciens. Mais il se présente des intermédiaires entre un changement évident et une modification plus ou moins légère. Par exemple Hydrocotyle *brevipedata* au lieu de brevipes, *Drabe* pour Draba, *Ligusticon* pour Ligusticum, etc. [1]. C'est alors qu'un botaniste doit balancer les avantages et les inconvénients de changements qui introduisent des mots nouveaux dans les livres, notamment dans les index.

J'estime que si l'on peut découvrir un motif ou un prétexte pour conserver une manière erronée, mais ancienne et connue, d'écrire un nom, il faut se hâter d'en faire usage. On a proposé, par exemple, d'écrire *Pirus* au lieu de Pyrus, en disant que les latins écrivaient *Pirus*, mais si Pyrus n'est pas latin, je dis : c'est un nom scientifique, destiné à tous les peuples. Comme il a été adopté par Linné, il a la priorité parmi les noms *botaniques* du genre. Dans le fait, les noms grecs ou latins de l'antiquité étaient des noms vulgaires, usités par un seul peuple. Les noms scientifiques sont universels, et nous ne parlons ici que des noms scientifiques. Il m'est indifférent que les Grecs aient dit : *Ballotê* et *Betonicê*, *Cactos* et *Aron* [2] si les noms scientifiques sont *Ballota* et *Betonica*, *Cactus* et *Arum*. Pourquoi mettre plus d'importance aux noms vulgaires des Grecs et des Latins qu'à ceux des Germains, des Slaves ou des Hébreux ? Notre nomenclature commence à Linné (art. 15), parce qu'elle n'avait pas de règles régulières avant lui. Les noms tirés du grec ou du latin par le savant suédois ne sont peut-être pas toujours ceux qu'un Athénien ou un Romain aurait faits, mais ils sont botaniques, scientifiques, destinés à toutes les nations, et que d'ailleurs les noms propres, c'est-à-dire ceux de genre et quelques autres, ne suivent pas les règles ordinaires.

En résumé, pour le bien de la science, il est désirable qu'on

[1] Tous ces exemples sont tirés des opuscules de M. Saint-Lager, qui préfère généralement les désinences purement grecques. Cicéron n'était pas si difficile. Il admettait *barbarus* de βαρβαρος, *machina* de μηχανη, *emporium* de εμποριον, etc. Voir Clavel, *De Marco Tullio Cicerone Græcorum interprete*, Paris, 1868, p. 18 et index.

[2] Saint-Lager, p. 121.

use très rarement de la faculté de changer ou de modifier les noms. J'en vois si clairement aujourd'hui le danger que si j'avais à recommencer ma carrière de botaniste descripteur, j'aimerais mieux garder constamment le premier nom publié, quel qu'il fût.

En définitive voici, selon ma manière de voir, les noms qu'il ne convient PAS de changer quand ils sont les plus anciens.

Noms à conserver malgré certains défauts.

1. Les noms qui expriment un pléonasme, comme *Sagittaria sagittifolia, Cypripedium Calceolus, Psamma arenaria,* etc. etc. M. Saint-Lager[1] les trouve « intolérables dans un langage scientifique. » Je ne conseillerai à personne de les créer, mais une fois faits, pourquoi les changer? Ils répètent une vérité; ce n'est assurément pas nuisible, ni obscur!

2. Les noms spécifiques à forme de substantifs, comme Digitalis *Sceptrum*, Indigofera *Anil*, etc. Le même auteur propose de les remplacer par des centaines d'autres noms. J'ai appuyé déjà (p. 20) sur l'excellence de ces noms, qui rappellent ceux usités auparavant ou des noms vulgaires très connus. Ils sont pris dans un sens adjectif, *Digitalis* (olim) *Sceptrum*, *Indigofera* (vulgo) *Anil*, et se distinguent par leur première lettre capitale.

3. Les noms spécifiques composés de deux mots, comme Ipomœa *bona nox*, Lychnis *Flos cuculi*, etc. Ils sont prohibés dans le même ouvrage, mais des plaisanteries et des imputations de routine[2] ne changent rien à l'avantage de conserver des noms existants, à moins de motifs sérieux, scientifiques[3].

4. Les noms génériques mal construits, par exemple au point de vue d'une étymologie grecque. Il est possible qu'un nom exprime mal ce que l'auteur voulait dire, ou qu'il choque un érudit, mais comme on a le droit de donner à des genres nouveaux des noms arbitraires et qu'un nom mal fait est toujours un nom, je ne vois pas pourquoi on changerait dans ce cas.

[1] Saint-Lager, *Nouvelles remarques*, p. 136.

[2] Saint-Lager, *Nouvelles remarques*, p. 43 et suivantes.

[3] Quelques auteurs écrivent *bona-nox*, *Flos-cuculi*, ce qui sauve l'objection de M. Saint-Lager, car alors les mots sont univoques.

Puisque l'auteur aurait pu tirer au sort les lettres ou les syllabes, *a fortiori* il pouvait se rapprocher d'un mot grec ou latin.

5. Les noms génériques tirés d'un nom d'homme, dans lesquels on n'a pas suivi exactement l'orthographe du nom, afin de les rendre moins longs, plus harmonieux, plus conformes aux usages latins, etc., comme *Andreoskia* d'après Andrzeiowski; *Gundelia*, dédié à Gundelsheimer. Aujourd'hui ces mutilations de noms ne sont guère pratiquées et l'article 27 les blâme, mais celles qu'on a faites méritent d'être conservées, à cause du principe supérieur que la fixité est désirable[1].

6. Les noms d'espèces qui ne sont pas latins, mais dans l'esprit de la langue latine et parfaitement intelligibles. On peut citer le mot *arvensis*. J'indiquerai de même *brasiliensis*, *canariensis*, *capensis*, qui ne sont pas construits selon la règle du latin, car c'étaient les noms de villes qui donnaient des adjectifs en *ensis* (parisiensis, atheniensis), tandis que les noms de pays donnaient la désinence *us* (italicus, germanicus). Il en résulte que *brasilianus* est plus correct que *brasiliensis*, mais pourquoi changer celui-ci quand il existe? M. Daydon Jackson cite comme une pédanterie de changer *crassinervia* en *crassinervis*, *trinervia* en *trinervis*, parce que ces mots ne sont pas dans les dictionnaires. On peut en dire autant de *spinescens, latisepta, capilliflora, genistifolia*, etc., etc. Tous ces noms et beaucoup d'autres se comprennent, sans être véritablement latins. Cela suffit. Sans eux, il aurait été impossible de nommer toutes les espèces dans les genres qui en comptent des centaines.

7. Les noms qui ont été faits sans égard pour les conseils donnés dans les articles 33 et 36. Les changer serait contrevenir à l'article 16, qui est fondamental, et aux alinéas 2 et 3 de l'article 3, qui sont également à la base de toute bonne nomenclature.

8. Les noms tirés de langues différentes. Ils sont devenus nombreux depuis qu'on a employé la syllabe *eu* pour un grand nombre de sections au commencement d'un mot latin : *Eusorbus*, *Euscorzonera*, *Euevum*, *Eucombretum*, etc., etc. Ce sont des barbarismes, au point de vue grammatical, mais vaudrait-il

[1] Voir dans Bentham, *On Euphorbiaceæ*, p. 195, 196, des réflexions judicieuses sur l'orthographe des noms d'hommes en latin et sur l'avantage de conserver les mots faits avec altération d'un nom écrit d'une certaine manière dans une langue moderne.

mieux dans la science avoir deux noms pour chacun de ces groupes? Je ne le pense pas.

9. Un nom qui paraît contraire à la vérité, mais qui peut devenir exact à la suite de découvertes. Je comprends, par exemple, qu'il ait fallu changer le nom de l'Asclepias *syriaca*, puisque l'espèce est américaine, mais si une plante appelée *syriaca* était connue en Perse ou en Arabie, non en Syrie, il est possible qu'elle ait existé en Syrie, ou qu'on l'y découvre tôt ou tard. Mieux vaut dans ce cas conserver le nom.

10. Un nom qui se trouve faiblement ou partiellement en opposition avec le caractère du genre ou de l'espèce. Les noms significatifs ne peuvent exprimer qu'un des caractères du groupe, et il est possible que l'une des unités diffère sur ce point, en s'accordant d'ailleurs avec l'ensemble. Tel caractère exprimé dans le nom de genre ou d'espèce est quelquefois médiocrement vrai dans une des espèces ou dans certaines variétés. Si l'on voulait éviter ces inconvénients il faudrait renoncer à une quantité de noms significatifs, et ce serait un bouleversement complet. Mieux vaut supporter quelques contradictions partielles ou secondaires.

11. Les noms de genre ou d'espèces très semblables de son ou de sens, mais qui diffèrent cependant par l'orthographe. M. Chaper [1] me semble aller trop loin lorsqu'il propose de changer, comme formant des emplois doubles, des noms tirés de *Ermann* et *Hermann*, *Filippi* et *Philippi*, et des adjectifs tels que *fluviorum*, *fluvialis*, *fluviatilis*, employés dans le même genre. M. Asa Gray [2] observait avec raison qu'il aurait mieux valu éviter de faire ces noms, mais que les botanistes ne sont pas disposés à les changer une fois qu'ils ont été faits. On peut ajouter que la prononciation des lettres varie d'une langue à l'autre et que, par conséquent, elle n'a pas l'importance de l'orthographe.

[1] *Rapport de la Commission de la Société zool. de France*, p. 4, 5, 20 et 21.

[2] *American journal*, 1853, p. 157.

DEUXIÈME PARTIE

Questions nouvelles ou sur lesquelles le Congrès de 1867 n'a rien spécifié.

I. Nomenclature des organes.

On peut demander si nous avons bien fait de ne pas parler de la désignation des organes dans un recueil sur la nomenclature. Notre silence, en 1867, a tenu beaucoup au désir de ne pas prolonger ou compliquer les discussions dans une assemblée temporaire, comme celle d'un congrès. J'ai réfléchi ensuite à la question lorsque j'ai rédigé mon volume sur la *Phytographie*.

Il m'a paru alors que la plupart des soi-disant noms d'organes sont des *termes*, c'est-à-dire des expressions pour indiquer brièvement l'état de certaines parties d'une plante. Assurément une cellule, le tissu cellulaire, la racine, les feuilles, etc., sont de véritables organes, auxquels on est obligé de donner des noms, et pour chacun de ces organes, tout le monde doit reconnaître qu'il est avantageux de conserver le premier nom donné, à moins de motifs péremptoires. On peut — et on doit, ce me semble — appliquer à ces noms les règles reconnues utiles pour ceux de groupes. Mais beaucoup d'autres soi-disant noms représentent des états particuliers des organes, tenant à leur âge ou à leurs combinaisons dans telle ou telle partie de la plante. Lorsque des états successifs ou combinaisons se rencontrent souvent, on trouve un grand avantage à les désigner par un terme qui remplace une phrase. Ainsi, au lieu de dire les cellules de la surface, on dit l'*épiderme;* au lieu de lobes articulés d'une feuille, on dit *folioles;* au lieu de feuilles rapprochées sur l'extrémité d'un rameau, on dit *fleur*. Quand on descend jusque dans des cas plus spéciaux, comme certaines couches de tissu cellulaire, certains rameaux qui ont motivé des termes d'inflorescences, certains fruits de structure, consistance ou déhiscence particulières, on voit bien que les mots imaginés pour les décrire ne sont pas nécessaires et qu'on peut souvent s'en passer. Il en est de cela comme des adjectifs pour exprimer les formes, consistances, dispositions, etc. Or les termes ne rentrent pas dans la nomenclature. Ce sont des expressions facultatives, plus ou moins commodes et plus ou moins nécessaires.

Les organes proprement dits sont les seuls objets déterminés comparables à une espèce, un genre, une famille. Il faut bien leur donner des noms, et rien n'est plus simple que de soumettre ces noms aux lois fondamentales de la nomenclature des groupes. Les termes, au contraire, sont du domaine de la Phytographie, et les règles principales à leur appliquer sont : 1° de ne pas les multiplier inutilement ; 2° de ne pas les changer, à moins de raisons très évidentes.

C'est dans cet esprit que j'ai proposé, à la page 191 de la *Phytographie,* l'emploi de huit règles, faciles à appliquer, au moyen desquelles on rapprocherait la nomenclature des organes proprement dits et la terminologie des prétendus organes de ce qui se pratique dans la nomenclature des groupes et dans l'emploi des termes appliqués aux descriptions de caractères. Je renvoie à l'ouvrage pour l'énoncé de ces règles. Relativement au recueil des lois de la nomenclature, elles peuvent se résumer, comme une sorte d'appendice, en disant : Les articles 1 à 6, 59, 60 (n. 1-3), 67 et 68, sont applicables aux noms et termes concernant les organes ou modifications d'organes.

II. Nomenclature des fossiles.

Il serait utile, ce me semble, d'ajouter un article ainsi conçu :

7 *bis. Les règles de la nomenclature botanique s'appliquent à toutes les classes du règne végétal et aux plantes fossiles comme à celles actuellement vivantes.*

L'application à toutes les classes ne fait l'objet d'aucun doute, mais il s'est introduit chez quelques paléontologistes l'opinion que les formes de végétaux et animaux fossiles devraient être désignées selon des règles particulières, quelquefois différentes de celles usitées pour les êtres organisés vivants. J'ai déjà expliqué (p. 2 et 3) comment cette opinion a donné lieu à la nomination d'une commission, fort bien composée, et à la publication d'un excellent rapport de M. Douvillé, qui a été l'objet d'une discussion rapide dans le Congrès géologique de Bologne en 1881. Quoique les réclamations des Sociétés de botanique de France et de Belgique et de la Société zoologique de France, ainsi que les miennes, n'aient pas empêché le Congrès de discuter des lois spéciales pour la paléontologie, je prendrai la liberté de motiver ici notre opinion.

D'abord, en fait, les fossiles végétaux sont décrits par des botanistes et les fossiles animaux par des zoologistes. Il est donc aisé, pour ces savants, de suivre les modes de nomenclature admis dans la branche dont chacun s'occupe, modes qui d'ailleurs diffèrent bien peu, comme le remarque M. Douvillé. En outre, il y a une raison d'ordre supérieur pour ne pas faire de la paléontologie une science à part, ayant ses lois et ses usages en fait de nomenclature. Plus on avance, plus les fossiles d'un règne se mêlent dans les classifications avec les espèces actuellement vivantes. L'histoire des êtres continue. Elle forme pour chaque règne un ensemble. Sans doute les fossiles conduisent à certaines conséquences en géologie. Ils ont été comparés assez justement à ce que sont les médailles enfouies dans des terrains. Mais si les antiquaires peuvent tirer de la présenne d'une médaille des preuves de l'ancienneté d'un monument ou d'une couche du sol, ils laissent aux numismates le soin d'étudier et de nommer les médailles considérées en elles-mêmes.

On pouvait croire, d'après le vœu du premier Congrès géologique, suivi du rapport au Congrès de Bologne, que les dispositions proposées en paléontologie pour la nomenclature seraient très différentes de celles usitées par les naturalistes. J'ai vu cependant, avec un sentiment agréable de surprise, que les règles proposées par la commission et adoptées par le Congrès s'accordent presque toujours avec les nôtres, de telle sorte que notre recueil et celui de M. Dall pouvaient suffire aux besoins des paléontologistes, selon la commission. Il est vrai qu'en l'absence de M. Douvillé et de ses collègues, le Congrès a ajouté deux articles, qui sont plus ou moins spéciaux à la paléontologie, mais on peut les introduire, s'ils le méritent, dans notre recueil des lois recommandées aux botanistes, et dans celui de

M. Dall, destiné surtout aux zoologistes. On aurait ainsi deux codes, au lieu de trois, pour l'ensemble des naturalistes, et dans un avenir prochain, il serait aisé de les fondre en un seul.

Une des dispositions introduites à Bologne, par le Congrès de géologie, est celle-ci[1] :

« L'espèce peut présenter un certain nombre de modifications reliées entre elles dans le temps et dans l'espace, et désignées sous le nom de MUTATION ou de VARIÉTÉ; les modifications dont l'origine est douteuse sont simplement appelées FORMES. »

Il est très intéressant de voir que des paléontologistes pratiques sont arrivés, uniquement par l'observation des faits, à constater des variations successives de formes, qu'ils appellent des mutations. L'idée de les distinguer des formes contemporaines me paraît bonne. Je ne veux pas m'arrêter ici aux questions difficiles que fait naître l'idée, juste selon moi, que l'espèce est une association de formes les unes successives, les autres contemporaines. Le moment auquel une mutation devient une espèce et celui où une mutation ultérieure devient une autre espèce, fait comprendre, par les difficultés qui se présentent, l'inconvénient de définir les groupes par une filiation plutôt que par les seuls caractères visibles. La classification, et surtout la nomenclature, étant des procédés nécessaires, destinés à l'usage, on est forcé de préciser ce qui manque de précision dans la nature. J'admets donc et je simplifie l'idée du Congrès de Bologne, en proposant de mettre, après notre article 10, celui-ci :

« Article 10 *bis*. *Lorsqu'il s'agit de plantes fossiles, les formes qui se sont succédé et qu'on estime pouvoir être rapportées à une même espèce sont appelées des mutations.* »

Le Congrès désire qu'on les nomme, dans chaque cas particulier à la manière des variétés, en ajoutant une épithète au nom de genre ou au nom d'espèce. Il suffit pour cela de mettre dans notre article 38 le mot *mutation*. L'indication qu'il s'agit d'une mutation ou d'une variété peut se faire au moyen d'une abréviation telle que (*Mut.*) ou (*Var.*). On pourrait aussi noter les mutations par un signe ou une lettre ordinaire, *a, b,* en conservant les lettres grecques, α, β, pour les variétés, selon l'usage établi.

[1] Compte rendu, page 168.

Une autre disposition introduite dans la séance du Congrès de Bologne est celle-ci [1] :

« A l'avenir, pour les noms spécifiques, la priorité ne sera irrévocablement acquise que lorsque l'espèce aura été non seulement décrite, mais figurée. »

S'il est vraiment impossible de comprendre une espèce fossile sans une figure, nous devons nous incliner, et admettre cette disposition, bien rigoureuse en apparence. J'ai désiré connaître sur ce point l'opinion de M. Heer, dont personne ne contestera l'autorité en matière de végétaux fossiles. Il a bien voulu me répondre que les objets à décrire en paléontologie étant incomplets et leurs caractères extrêmement minutieux, les figures sont très nécessaires. Il approuve donc la tendance de l'article. Mais il ajoute : « Cependant, lorsque l'espèce a été décrite avec soin et d'une manière reconnaissable, il faudrait admettre pour son nom le droit de priorité. » Ainsi, M. Heer trouve, comme moi, l'article proposé trop absolu. J'ajouterai que, pour être sévère et en même temps juste, il faudrait tenir les mauvaises planches pour nulles, car il y a telle description de fossile qui se comprend mieux qu'une figure mal faite.

Au fond, notre article 46 répond assez aux desiderata des paléontologistes. Il dit qu'une espèce publiée sans renseignement sur les caractères n'est pas considérée comme publiée. C'est à chacun et à tout le monde d'apprécier ce qui est un renseignement. Personne ne veut qu'on tienne compte de choses inintelligibles, mais l'appréciation de ce qui se comprend — description ou figure — varie selon l'intelligence de celui qui travaille et le degré d'obscurité ou de brièveté des textes et des planches. Les règles donnent des principes ou des directions, et leur application dans les cas particuliers dépend de circonstances variées.

III. Nomenclature des groupes inférieurs aux variétés.

Lorsque nous avons discuté, dans le Congrès de 1867, les articles 9 et 10, l'attention ne s'était guère portée sur les degrés inférieurs de la hiérarchie des groupes. Il avait paru suffisant de dire (art. 9) qu'on reconnaît dans plusieurs espèces des

[1] Compte rendu, page 177.

variétés, des *sous-variétés*, des *variations*, et même des *sous-variations;* que dans les plantes cultivées il y a des modifications plus nombreuses; enfin (art. 13 et 38) que les groupes inférieurs aux variétés doivent être distingués seulement par des lettres ou des chiffres. Les observations de Darwin, en 1877, sur le dimorphisme de plusieurs espèces [1], et beaucoup de descriptions récentes, qui ne méritent pas les mêmes éloges, mais qu'on aurait tort de négliger à cause de certains défauts de nomenclature, nous obligent à considérer aujourd'hui de plus près les formes comprises entre les individus et les variétés ou les espèces.

Toutes les fois qu'on examine attentivement, sur des échantillons nombreux, de diverses origines, une espèce qui paraît homogène, ou une variété, on découvre qu'elle se compose de formes différentes qui constituent de petits groupes. Ces groupes sont ordinairement vagues, parce qu'ils offrent des transitions, et passagers, parce qu'ils se croisent facilement ou que l'hérédité les détruit, mais les uns constituent le faisceau, pour ainsi dire, du groupe appelé espèce ou variété, tandis que d'autres s'en éloignent, notamment ceux que nous qualifions de monstruosités. Ils sont tous plus ou moins héréditaires. Les diversités sexuelles et le dimorphisme de certaines espèces quant aux organes floraux créent des associations de même ordre, plus différentes de forme, mais qui durent seulement une génération. On pourrait appeler tous ces groupes en nombre indéfini et minimes des *micromorphes*. Leur étude est précieuse pour montrer les variations des êtres organisés. Elle a une grande portée si l'on a eu soin d'expérimenter la facilité de croisement et le degré d'hérédité de ces formes élémentaires presque semblables.

Les micromorphes existent dans le règne animal comme dans le règne végétal. Quand on a distingué des races et sous-races, il se présente encore des distinctions, dont les caractères sont minimes. Quelques-unes se manifestent par des effets physiologiques dont la cause échappe à nos moyens d'observation. Par exemple, les abeilles d'une ruche, lorsqu'elles entrent dans une ruche autre que la leur, peuplée d'abeilles de la même race, sont vite reconnues et maltraitées. Il faut qu'elles aient quelque

[1] The different forms of flowers on plants of the same species.

chose de différent, ou dans la forme ou plutôt dans l'odeur déterminée par les organes de sécrétion, ce qui prouve que les individus de chaque ruche sont un groupe naturel minime. Dans l'espèce humaine les familles, et aussi les individus ayant certains caractères communs dans une population homogène d'apparence, constituent des groupes élémentaires inférieurs aux sous-races.

Je ne saurais nullement blâmer MM. Jordan et Gandoger au sujet des recherches qu'ils ont faites sur les variétés et sur ce que j'appelle des micromorphes. S'ils les avaient poussées jusqu'à des expériences sur la fécondation et l'hérédité elles auraient autant de valeur que celles de Darwin, mais quoique limitées aux formes et à la persistance des individus dans la culture, elles contribuent à jeter du jour sur les questions dont s'est occupé le grand naturaliste anglais. Il est à regretter seulement que les auteurs dont je parle n'aient pas suivi les procédés de nomenclature recommandés par le congrès et usités par Darwin. Au lieu de désigner au moyen de lettres, de signes, de numéros ou par des noms de fantaisie[1] les groupes inférieurs contenus dans des espèces ou variétés de Linné, ils leur ont donné des noms semblables à ceux du groupe supérieur appelé espèce. M. Gandoger, en particulier[2], subdivise le genre Rosa, et même les seules espèces d'Europe ou d'Orient en plusieurs sous-genres, dont il prend ensuite les noms comme génériques, et en quatre mille six cents formes (4600 !), pourvues de noms analogues à ceux d'espèces, par exemple : *Bakeria hispanica, rubella,* etc., *Chabertia Bourdini,* etc., etc. On peut comparer cette erreur de nomenclature à celle d'un géographe qui désignerait les parcelles de chaque propriété comme des districts, ou les ondulations du terrain comme des collines et des montagnes. Dans toutes les langues et toutes les sciences les termes reposent sur des usages. Ils ne sont arbitraires qu'au moment où on les crée. Si MM. Jordan et Gandoger avaient vécu avant Linné, ils auraient été parfaitement libres d'appeler espèces les petits groupes que Tournefort et les auteurs du XVIme siècle énuméraient avec des phrases différentes. Mais ils sont venus longtemps après Linné, qui avait nommé espèces des groupes plus étendus, ce dont il est aisé de s'assurer par sa synonymie et

[1] Darwin a appelé *Hero* une forme plus vigoureuse que d'autres.

[2] Gandoger, *Tabulæ rhodologicæ,* 1 vol. in-8°, Paris, 1881.

par des plantes européennes bien connues [1]. Ce n'était donc pas le cas de changer. Sans doute ces milliers de noms quasi spécifiques proposés pour des groupes minimes dans les espèces de Linné, ne seront pas admis, mais ils deviennent une gêne pour la nomenclature des espèces qu'on découvrira successivement, à moins qu'ils ne soient entièrement passés sous silence, vu leur nombre extraordinaire. Le genre Rosa ayant plus de 4,000 formes nommées à la façon des espèces, les dix à douze mille genres du règne végétal, s'ils étaient traités de la même manière, donneraient lieu à vingt, trente ou quarante millions de noms soi-disant spécifiques. Quels seraient les livres et les index assez gros pour contenir une pareille abondance de noms?

Évidemment il faut une limite inférieure à la nomenclature des groupes. Elle doit s'arrêter au point où commencent ceux que j'appelle des micromorphes, qui sont les uns passagers (sexes), les autres tellement voisins qu'on les distingue difficilement et qu'on ne peut plus les décrire avec une clarté suffisante. Au-dessous des degrés voisins de l'espèce on est obligé d'employer d'autres procédés de désignation, qui ne sont plus des noms, ou du moins qui ne figurent plus dans la classification scientifique. Ce sont, par exemple des signes, des noms en langue vulgaire, des chiffres ou des lettres. L'emploi de ces moyens ne trouble pas la nomenclature scientifique, et ne gêne en aucune manière dans l'étude des formes inférieures, étude

[1] Pour comprendre ce que Linné a appelé espèce il ne faut pas recourir à sa mauvaise définition: *Species tot numeramus, quot diversæ formæ in principio sunt creatæ* (*Phil. bot.*, n. 157). Cette définition repose sur un fait impossible à vérifier, par conséquent elle ne peut avoir aucune utilité comme moyen de distinguer une espèce d'une variété ou d'un genre. Linné lui même l'oubliait (*Amœn. acad.*, 1, p. 70; 3, p. 34) quand il admettait des espèces nouvelles formées par d'autres espèces de genres différents. Dans le siècle actuel, quelques personnes ont soutenu que toutes les formes inférieures à l'espèce ordinaire de Linné ont été permanentes *a principio*, tandis que d'autres supposent un seul type originel pour tout une famille et même pour le règne végétal en entier. Ainsi la définition de Linné entraîne, selon les hypothèses de chacun, une espèce, ou 10,000, ou 100,000, ou plusieurs millions. Toutes les fois qu'on prétendra définir un groupe au moyen d'une hypothèse sur l'origine on sera dans le vague le plus complet. La définition ne doit reposer que sur la place du groupe dans la hiérarchie et sur des caractères morphologiques ou physiologiques qu'on puisse vérifier.

qui conduit à des vues aussi élevées qu'on les juge d'abord mesquines et insignifiantes.

IV. Lorsqu'un auteur a réuni un genre avec un autre, sans nommer les espèces, peut-on le citer pour chacune des désignations d'espèces qui résultent implicitement de la réunion?

Ce ne serait ni juste, ni possible, ni commode au point de vue pratique.

Pour être juste, il faut attribuer à un auteur exactement ce qu'il a publié. Or quand on a dit le genre B doit être réuni au genre A, cela ne signifie pas que les espèces du genre B doivent s'appeler de tels ou tels noms dans le genre A. Il faudra qu'on les examine une à une pour les nommer correctement.

Un coup d'œil sur le *Genera* de MM. Bentham et Hooker, ou sur les ouvrages de M. Baillon, montre qu'il serait impossible d'attribuer des désignations d'espèces aux auteurs qui changent les noms de genre, sans explication sur chaque espèce. Par exemple, les genres N, P, Z étant réunis au genre A, il peut se trouver deux ou trois espèces différentes qui prendraient, avec le même droit, la désignation *A. lanceolata*, parce qu'il y avait des *N. lanceolata*, *P. lanceolata* et *Z. lanceolata*. L'auteur de la réunion ne s'étant pas expliqué il faut qu'un autre, s'il admet cette réunion, devienne l'auteur de nouvelles épithètes pour toutes ces espèces, dont une au plus conservera le nom de *lanceolata*. Telle espèce avait peut-être un nom qui devient contraire à la vérité dans le genre fusionné, par exemple si étant *minor* on la met dans un genre dont toutes les espèces sont notablement plus grandes. D'ailleurs il y a souvent des espèces contestables dans les genres qu'un auteur réunit. Plus les genres sont nombreux en espèces difficiles à distinguer, plus il est inadmissible de citer sans examen pour des noms d'espèces l'auteur de la réunion générique. Ce serait trancher au hasard beaucoup de questions délicates.

L'étude des espèces doit être faite de l'une à l'autre, soigneusement, avec celle des genres, ou plutôt cette dernière doit résulter de l'étude de toutes les espèces. Les auteurs qui réunissent des genres ne prennent pas toujours cette peine, surtout ceux qui ne publient pas des *Genera* mais des flores ou des mémoires. Les index deviendraient d'une étendue incommensurable si l'on admettait que toute réunion de genres entraîne de nouvelles désignations pour les espèces. Par exemple un auteur disposé à exagérer pourrait dire que la famille des Ombellifères se compose de dix genres seulement et il en résulterait peut-être des milliers de noms ou synonymes qu'il faudrait énumérer !

L'article 45 des lois s'applique ici, mais on n'y fait pas assez attention. M. Asa Gray m'a signalé l'importance actuelle de la question, dans une lettre du 20 août 1882. Il la résout comme je viens de le faire, et cite des cas dans lesquels on aurait évidemment tort d'attribuer de nouveaux noms spécifiques à l'auteur de réunions de genres, sans explication sur les espèces. Dans une lettre plus récente il insiste sur la multiplication énorme de synonymes qui résulterait d'un procédé différent. Par exemple, M. Bentham (Genera) réunit plus de vingt genres, tels que Cineraria, Ligularia, etc., au Senecio. Si l'on suppose autant de noms spécifiques nouveaux qu'il y a d'espèces dans les genres détruits, bien que M. Bentham ne les ait pas nommées, ce serait une centaine au moins de noms. Mais il est douteux que les auteurs abandonnent quelques-uns des anciens genres et alors on aurait créé des synonymes très inutilement. Les fusions de genres proposées par M. Baillon sans qu'il ait nommé les espèces, entraîneraient une multiplication énorme de synonymes. Ne vaut-il pas mieux attendre que la réunion des genres ait été admise par la plupart des botanistes et que des noms spécifiques aient été publiés expressément avant de charger les index d'un pareil bagage ? M. Jackson suivra notre manière de voir dans l'immense *Nomenclator* dont il s'occupe.

V. Des lettres capitales ou autres pour les noms d'espèces.

En 1867 il m'avait paru inutile d'énoncer une opinion sur l'emploi de lettres capitales ou de lettres minuscules au commencement des noms d'espèces. Dans la discussion il fut échangé quelques mots sur l'usage suivi par Aug.-Pyr. de Candolle de mettre des capitales aux noms tirés de localités, tandis que Linné les réservait pour les noms tirés de noms d'hommes. On critiqua en passant les capitales, dans le premier cas, comme contraires aux règles de la langue latine, et je m'étais rangé à cette opinion, émise par des personnes plus versées que moi dans les langues anciennes. L'assemblée ajouta la dernière phrase de l'article 33, qui prescrit les capitales pour les noms tirés des noms d'hommes, et elle laissa chacun faire comme il voudrait pour les noms tirés de noms de pays [1]. J'ai eu la curiosité d'examiner ce point d'orthographe latine et le résultat de mes recherches est assez singulier.

Naturellement je ne pouvais ni ne voulais me plonger dans la lecture des classiques, pour lesquels d'ailleurs il aurait fallu remonter aux manuscrits et inscriptions, car les textes publiés ont subi des modifications de forme à l'époque de la Renaissance. Heureusement j'ai trouvé les renseignements qu'on peut désirer dans un volume récent, publié par M. George Edon [2], sur les différentes phases de la langue latine. L'auteur distingue neuf périodes. Pour chacune il indique les diversités de mots et donne des fac-simile d'écritures onciales, cursives ou sculpturales, parfaitement authentiques.

La septième période, celle d'Auguste, de l'an 29 avant notre ère, jusqu'à Claude, 41 ans après Jésus-Christ, est la plus classique, et les inscriptions mises officiellement sur des édifices publics, à Rome, sont des autorités pour l'orthographe et l'écriture. Je donne ici le calque du commencement de deux de ces inscriptions. La première est l'épitaphe de Furius Camillus, au Forum d'Auguste ; la seconde est sur l'obélisque d'Auguste, au Circus maximus.

VEIOS. POST. VRBEM	IMP. CAESAR. DIVI. F
CAPTAM. COMMIGRA	AVGVSTVS
RI PASSVS. NON. EST.	PONTIFEX. MAXIMVS
ETRVSCISAD. SVTRIVM	IMP. $\overline{XII}$.COS.$\overline{XI}$.TRIB.POT.$\overline{XIV}$
DEVICTIS. AEQVIS. ET	AEGVPTÓ. IN. POTESTÁTEM
VOLCIS.	POPVLI. ROMANI. REDÁCTÁ
	SÓLI. DÓNVM. DEDIT

Plusieurs choses sont à remarquer dans ces inscriptions.

1° La ponctuation, dans le sens du latin de la Renaissance et

[1] A. de Candolle, *Bull. de la soc. bot. de France*, 1869, p. 72.

[2] *Écriture et prononciation du latin savant et du latin populaire*, in-8°, avec 9 planches, Paris, 1882.

des langues modernes, est nulle, car les points marquent la fin des mots et nullement des phrases. Ainsi pour écrire correctement le latin, il faudrait renoncer à la ponctuation, ce que personne n'approuverait.

2° Le V est confondu avec l'U. La distinction en a été faite, longtemps après la Renaissance, par des érudits qu'un puriste pourrait taxer de n'avoir pas bien su le latin.

3° L'accent (apex) sur certaines voyelles était une innovation à l'époque d'Auguste. Il indiquait la lettre accentuée. L'I, signifiait un i accentué. Les modernes ont négligé cette ressource des accents, qui auraient servi à bien prononcer le latin.

4° Toutes les lettres sont égales et toutes capitales [1]. Ainsi la distinction des majuscules et minuscules faite depuis la Renaissance, et introduite par les naturalistes dans les noms de plantes ou d'animaux, est arbitraire. Elle n'a aucune base dans le latin classique.

Je tire de ce dernier fait une conséquence. Les botanistes du XVIme siècle, et Linné, et plus tard de Candolle, quand ils ont employé des capitales au commencement des noms de genres ou d'espèces sont sortis de la vraie latinité. Ils ont voulu être plus clairs que les Romains. Ils en avaient le droit, car dans les sciences la clarté tient au fond, qui doit primer la forme. Personne aujourd'hui ne conteste l'usage de commencer les noms de genres et d'hommes, par une grande lettre. On l'admet volontiers également pour les noms adjectifs d'espèces tirés des noms d'hommes. Quant à ceux tirés des noms de localités, la seule question, d'après ce que nous venons de dire, est de savoir si c'est plus clair. De Candolle le pensait. Il est certain qu'une espèce peut avoir été appelée *alpina,* parce qu'elle habite dans les Alpes ou parce qu'elle croit sur les montagnes élevées d'un pays quelconque. On comprend de suite le premier sens s'il y a une capitale. Certaines localités donnent des adjectifs qui ne sont pas dans les dictionnaires et qu'on peut supposer à tort des mots latins s'ils ne sont pas marqués d'une lettre capitale. Par exemple, le Sisymbrium appelé par Linné *monense,* est devenu dans le Prodromus *Brassica Monensis.* Or *monensis,* qui signifie de l'île de Man, n'est pas dans les dictionnaires latins.

[1] Il en était de même dans les écritures dites *onciale* ou *cursive*, dont l'auteur donne des spécimens, page 22.

J'ai vu quelques ouvrages dans lesquels tous les noms spécifiques ont une capitale. Ceci est l'abus, car il n'en résulte aucun avantage de clarté. Au contraire, on ne distingue plus au premier coup d'œil les noms d'une origine exceptionnelle, tirés de noms d'hommes ou de pays, ou qui sont d'anciens noms génériques de la plante.

Ces détails ont peu d'importance en eux-mêmes, mais il y a deux conclusions générales à en tirer qui ne sont pas inutiles. L'une qu'on donne quelquefois pour des règles latines ce qui vient seulement des érudits modernes. L'autre que ces mêmes érudits et les naturalistes ont heureusement corrigé, modifié et précisé le latin classique pour le rendre moins obscur et mieux adapté aux besoins de la science. S'il faut regretter quelque chose c'est qu'on ait quelquefois rétrogradé vers l'obscurité des anciens après avoir innové. Ainsi l'usage qui s'était introduit de mettre un circonflexe sur les ablatifs, est abandonné dans le siècle actuel. C'est reculer, — à peu près comme si l'on revenait à la confusion de l'u et du v des auteurs classiques.

VI. Remarque additionnelle sur les noms des grandes divisions ou classes du règne végétal.

Quelques personnes regardent comme inutile de suivre la loi de priorité dans la désignation des divisions principales du règne comme dans les autres. On a recherché, en ce qui les concerne, des noms significatifs et l'on est tombé souvent sur des expressions douteuses, propres à une partie seulement d'une classe ou complètement erronées. Par surcroît de malheur, on a eu quelquefois l'idée de donner deux noms au même groupe, en raison de deux caractères de nature différente, comme *Ananthæ seu Arhizæ*, etc. Il a fallu répudier plusieurs de ces noms. De là une synonymie très chargée, que la loi de priorité aurait évitée. J'en donnerai un exemple, puisque la production de ces noms *mort-nés* continue.

Il s'agit du nom *Cryptogamia* opposé, comme division primaire, à celui de *Phanerogamia* [1]. Le tableau suivant montre

[1] Linné (Syst. ed. 1) divise les plantes selon les: *Nuptiæ publicæ* (sans autre appellation), et *Nuptiæ clandestinæ*, CRYPTOGAMIA. Je n'ai trouvé le nom de *Phanerogamia* dans aucun ouvrage du siècle dernier. Celui de

que *Cryptogamia* a dix-neuf synonymes, condamnés chacun par un, deux ou trois motifs péremptoires, et il est probable que d'autres synonymes encore m'ont échappé.

Dates:	NOMS	Causes de nullité [1].
1735.	**Cryptogamia** [2] Linné, Syst., éd. 1, p. 4.	
1764.	Cryptostemonis, Gleditsch Syst., p. XXXIII..........	II, III
1775.	Agamia, Neck. Act. phys. Theod. Pal., in ejus Coroll., p. 7 cit..	I, II
1789.	Acotyledones, Juss. Gen., p. 2......................	II
1805.	Cellulaires, DC. Fl. fr. 1, p. 68.....................	II, V
1805.	Æthéogamie, Pal. Beauv. Prodr. de l'Æth., p. 1 (non DC. postea..................................	II, V
1808.	Exembryonatæ (gallice Inembryonés), Rich. Anal., fr. p. 50	II
?	Arrhizæ, Rich. (ubi? in Kunth Handb., p. 191 cit.)....	I, II
1818.	Cellulares vel Acotyledoneæ DC. Syst., 1, p. 120	II, IV
1820.	Axifères et Appendiculaires aspermes, Turpin Icon., p. 3 et tabl....................................	II, V
1825.	Nemea, Fries Syst. orb. veg., p. 33..................	II
1829.	Aphananthæ, Dumort. Anal. fam., p. 7...............	II
1833.	Esexuales, Lindl. Nixus, p. 23......................	I, II
1834.	Sporophoræ seu Acotyledones, Horaninow, Primæ lineæ	II, IV
1835.	Ananthæ, Mart. Comp., p. 1 (et Mycetes, p. 67).......	II
1835.	Acrogenæ, Lindl. Key, p. 74 (non ejusd. Veg. Kingd.).	II
1856.	Oophytes, Seringe, Nouv. disp. des fam., p. 9.........	II, V
1877.	Astemonocarpelles ou Cryptogames, Écorchard, Nouv. théor. élém., p. 404	II, IV, V
1881.	Lanthanogona, Crinos (d'après Bull. Soc. bot. Fr. 1881, revue p. 56...................................	II
1883.	Sporogames, Émery, Cours de botanique, p. 453......	II, III, V

Phanérogames est de Ventenat, dans son traité de l'an VII (1799), intitulé Tableau du règne végétal, 1, p. 439, 4, p. 140. Gleditsch avait déjà créé en 1764 (Syst. p. XXXIII) le nom *Phænostemonis*, mais *Phanerogamia*, symétrique de *Cryptogamia*, basé sur l'idée de Linné, a été préféré, d'après la règle de notre article 18.

[1] I. Erreur grave et générale sur le fait exprimé dans le nom (contraire à notre article 3).— II. Oubli d'un nom antérieur valable (contraire à l'art. 3, deuxième alinéa, et aux art. 15, 16). — III. Construction ou désinence défectueuse (contraire à l'art. 18). — IV. Noms doubles (contraires aux art. 15 et 4). — V. Noms en langues vulgaires (contraires aux art. 6, 18).

[2] On ne peut pas objecter au nom, puisque la reproduction sexuelle,

J'ai pris la peine de construire exactement la synonymie de l'autre grande division, *Phanerogamia*, et des deux subdivisions de la Cryptogamie admises par la plupart des auteurs, en raison de la présence ou absence d'organes foliacés, etc. Chacune de ces subdivisions ou grandes classes a reçu de douze à quinze noms différents. Quelquefois, après avoir laissé de côté ceux dont la forme est entièrement vicieuse, on est très embarrassé pour dire lesquels sont acceptables, d'après les caractères qu'ils expriment. Plus les noms affirment un caractère, plus ils ont été contestés ou repoussés, parce que fréquemment on a voulu généraliser des caractères qui ne devaient pas l'être, le défaut de juger d'un tout par une ou plusieurs parties étant assez commun. Ainsi, *Agames*, *Esexuales*, pour les divisions des Cryptogames; *Pollinaria* pour le groupe des Fougères, Mousses, etc., ont dû tomber à la suite des découvertes. Les noms qui expriment peu de chose, comme *Homonemea* et *Heteronemea*, de Fries, et leurs synonymes *Amphigames* et *Æthéogames* D C., sont de nature à subsister, parce qu'ils sont vagues. Il ne reste alors à chercher que leurs dates pour avoir une nomenclature correcte.

Les noms significatifs ont de l'avantage pour les espèces, qui sont si nombreuses, et même pour les genres. Ils soulagent la mémoire. Mais pour huit ou dix grandes divisions ou classes du règne végétal, c'était bien inutile. On se serait rappelé tout aussi facilement des noms quelconques, analogues aux mots *Fungi*, *Algæ*, etc. La recherche de noms significatifs a malheureusement été mise au-dessus du principe essentiel de la priorité, même par des auteurs tels que Lindley, Endlicher et autres. Erreur de méthode, qui fait passer maintenant une foule de leurs noms au rang de synonymes!

Plus on réfléchit à ces questions, plus on trouve qu'il est juste, et en même temps pratique, de suivre uniformément certains principes dans tous les groupes, quel que soit leur rang, en particulier le principe de la priorité.

encore inconnue dans quelques Cryptogames, n'a été découverte dans les autres que cent ans après celle des Phanérogames et réside dans des organes très peu visibles.

TROISIÈME PARTIE

Lois de la Nomenclature botanique adoptées par le Congrès

AVEC INDICATION DES CHANGEMENTS PROPOSES CI-DESSUS [1]

CHAPITRE I

Considérations générales et principes dirigeants.

ARTICLE 1. L'histoire naturelle ne peut faire de progrès sans un système régulier de nomenclature, qui soit reconnu et employé par l'immense majorité des naturalistes de tous les pays.

ART. 2. Les règles de la nomenclature ne peuvent être ni arbitraires ni imposées. Elles doivent être basées sur des motifs assez clairs et assez forts pour que chacun les comprenne et soit disposé à les accepter.

ART. 3. Dans toutes les parties de la nomenclature, le principe essentiel est : *1° de viser à la fixité des noms ;* 2° d'éviter ou de repousser l'emploi de formes et de noms pouvant produire des erreurs, des équivoques, ou jeter de la confusion dans la science.

Après cela, ce qu'il y a de plus important est d'éviter toute création inutile de noms.

Les autres considérations, telles que la correction grammaticale absolue, la régularité ou l'euphonie des noms, un usage

[1] Les mots, phrases ou articles ajoutés sont en italique. Les suppressions sont accompagnées d'une note donnant le texte primitif. Les motifs de ces changements sont expliqués ci-dessus, à l'occasion de chaque article.

plus ou moins répandu, les égards pour des personnes, etc., malgré leur importance incontestable, sont relativement accessoires.

Art. 4. Aucun usage contraire aux règles ne peut être maintenu s'il entraîne des confusions ou des erreurs. Lorsqu'un usage n'a pas d'inconvénient grave de cette nature, il peut motiver des exceptions qu'il faut cependant se garder d'étendre ou d'imiter. Enfin, à défaut de règle, ou si les conséquences des règles sont douteuses, un usage établi fait loi.

Art. 5. Les principes et les formes de la nomenclature doivent être aussi semblables que possible en botanique et en zoologie.

Art. 6. Les noms scientifiques sont en langue latine. Quand on les tire d'une autre langue, ils prennent des désinences latines, à moins d'exceptions consacrées par l'usage. Si on les traduit dans une langue moderne, on cherche à leur conserver le plus possible une ressemblance avec les noms originaux latins.

Art. 7. La nomenclature comprend deux catégories de noms: 1° Des noms, ou plutôt des termes, qui expriment la nature des groupes compris les uns dans les autres; 2° des noms particuliers à chacun des groupes de plantes ou d'animaux que l'observation a fait connaître.

Art. 7 *bis*. *Les règles de la nomenclature botanique s'appliquent à toutes les classes du règne végétal et aux plantes fossiles comme à celles actuellement vivantes* (Voir p. 46).

CHAPITRE II

Sur la manière de désigner la nature et la subordination des groupes qui composent le règne végétal.

Art. 8. Tout individu végétal appartient à une espèce (species), toute espèce à un genre (genus), tout genre à une famille (ordo, familia), toute famille à une cohorte (cohors), toute cohorte à une classe (classis), toute classe à une division (divisio).

Art. 9. On reconnaît aussi dans plusieurs espèces des variétés et des variations, dans certaines espèces cultivées, des modifications plus nombreuses encore; dans plusieurs genres des sections, dans plusieurs familles des tribus.

Art. 10. Enfin, comme la complication des faits conduit souvent à distinguer des groupes intermédiaires plus nombreux, on peut créer par le moyen de la syllabe sous (sub), mise avant un nom de groupe, des subdivisions de ce groupe, de telle manière que sous-famille (subordo) exprime un groupe entre une famille et une tribu, sous-tribu (subtribus), un groupe entre une tribu et un genre, etc. L'ensemble des groupes subordonnés peut ainsi s'élever, pour les plantes spontanées seulement, jusqu'à 20 degrés dans l'ordre suivant :

Regnum vegetabile.
Divisio.
Subdivisio.
Classis.
Subclassis.
Cohors.
Subcohors.
Ordo (gallice : Famille).
Subordo (gall. Sous-famille).
Tribus.
Subtribus.
Genus.
Subgenus.
Sectio.
Subsectio.
Species.
Subspecies (vel Proles, gall. Race).
Varietas.
Subvarietas.
Variatio.
Subvariatio.
Planta.

Art. 10 *bis. Lorsqu'il s'agit de plantes fossiles, les formes qui se sont succédé et qu'on estime pouvoir être rapportées à une même espèce sont appelées des mutations* (page 48).

Art. 11. La définition de chacun de ces noms de groupes varie, jusqu'à un certain point, suivant les opinions individuelles et l'état de la science, mais leur ordre relatif, sanctionné par l'usage, ne peut être interverti. Toute classification contenant des interversions, comme une division de genres en familles ou d'espèces en genres, n'est pas admissible.

Art. 12. La fécondation d'une espèce par une autre espèce, crée un hybride (hybridus), celle d'une modification soit subdivision d'espèce par une autre modification de la même espèce crée un métis (mistus).

Art. 13. Le classement des espèces dans un genre ou dans une subdivision de genre se fait au moyen de signes typographiques, de lettres ou de chiffres. Les hybrides se classent après l'une des espèces dont ils proviennent, avec le signe × mis avant le nom générique.

Le classement des sous-espèces dans l'espèce se fait par des lettres ou par des chiffres ; celui des variétés, par la série des lettres grecques α, β, γ, etc. Les groupes inférieurs aux variétés, *les mutations* (art. 10 bis) et les métis sont indiqués par des lettres, des chiffres ou des signes typographiques, à la volonté de chaque auteur.

Art. 14. Les modifications des espèces cultivées doivent être rattachées, autant que possible, aux espèces spontanées dont elles dérivent.

A cet effet, les plus importantes de ces modifications sont assimilées à des sous-espèces (subspecies), et quand on est certain de leur hérédité constante par graines, elles se nomment races (proles).

Les modifications de second ordre prennent le nom de variétés, et si l'on est certain de leur hérédité à peu près constante par graines, elles se nomment sous-races (subproles).

Les modifications moins importantes, pouvant être comparées aux sous-variétés, variations, sous-variations des espèces spontanées, sont indiquées d'après leur origine (lorsqu'elle est connue), de la manière suivante : 1° satus (semis; seedling, en angl.; Sämling, en allemand), pour une forme provenant de graines; 2° mistus (métis; en angl. blending[1], en all. Blendling), pour une forme provenant de fécondation croisée dans l'espèce; 3° lusus (en anglais sport, en allemand Spielart), pour une forme née d'un bourgeon, tubercule ou autre organe, propagée par division.

[1] MM. Weddell et de Candolle ont proposé dans la traduction anglaise le mot *half-breed,* qui leur paraît répondre mieux au mot métis.

CHAPITRE III

Sur la manière de désigner chaque groupe ou association de végétaux en particulier.

SECTION 1.

Principes généraux.

ART. 15. Chaque groupe naturel de végétaux ne peut porter dans la science qu'une seule désignation valable, savoir la plus ancienne, adoptée par Linné, ou donnée par lui ou après lui, à la condition qu'elle soit conforme aux règles essentielles de la nomenclature.

ART. 15 *bis*. *La désignation d'un groupe, par un ou plusieurs noms, n'a pas pour but d'énoncer des caractères ou l'histoire de ce groupe, mais de donner un moyen de s'entendre lorsqu'on veut en parler* (page 17).

ART. 16. Nul ne doit changer un nom ou une combinaison de noms sans des motifs graves, fondés sur une connaissance plus approfondie des faits, ou sur la nécessité d'abandonner une nomenclature contraire aux règles essentielles (art. 3, 1er alinéa, 4, 11, 15, etc., voyez sect. 6).

ART. 17. La forme, le nombre et l'arrangement des noms dépendent de la nature de chaque groupe, selon les règles qui suivent.

SECTION 2.

Nomenclature des divers groupes.

§ 1. Noms de divisions et sous-divisions, de classes et sous-classes.

ART. 18. Les noms de divisions et sous-divisions, de classes et sous-classes se tirent d'un des principaux caractères. Ils s'expriment au moyen de mots d'origine grecque ou latine, et en donnant aux groupes de même nature une certaine harmonie de forme et de désinence (Phanérogames, Cryptogames; Monocotylédones, Dicotylédones, etc.).

ART. 19. Dans les Cryptogames, les noms anciens de familles, tels que Filices, Musci, Fungi, Licheues, Algæ, peuvent être employés comme noms de classes ou sous-classes.

§ 2. Noms de cohortes et sous-cohortes.

ART. 20. Les cohortes sont désignées de préférence par le nom d'une de leurs principales familles, *avec la désinence ales*[1].

Les sous-cohortes (rarement employées) peuvent être désignées de la même manière.

§ 3. Noms de familles et sous-familles, de tribus et sous-tribus.

ART. 21. Les familles (ordines, familiæ) sont désignées par le nom d'un de leurs genres, avec la désinence aceæ (Rosaceæ, de Rosa; Ranunculaceæ, de Ranunculus, etc.).

ART. 22. L'usage justifie les exceptions suivantes :

1° Lorsque le genre d'où le nom de famille est tiré se termine en latin par ix ou is (génitif icis ou idis) la désinence iceæ, ou ideæ, ou ineæ est admise (Salicineæ, de Salix; Tamaricineæ, de Tamarix; Berberideæ, de Berberis).

2° Lorsque le genre d'où le nom est tiré a un nom d'une longueur inusitée et qu'il n'y a pas de nom de tribu fondé sur ce même genre dans la famille, on admet la terminaison en eæ (Dipterocarpeæ, de Dipterocarpus).

3° Pour quelques grandes familles anciennement nommées, très connues sous leurs noms exceptionnels, on conserve les noms anciens (Cruciferæ, Leguminosæ, Guttiferæ, Umbelliferæ, Compositæ, Labiatæ, Cupuliferæ, Coniferæ, Palmæ, Gramineæ, etc.).

4° Un ancien nom de genre devenu nom de section ou d'espèce, peut être maintenu comme base d'un nom de famille (Lentibularieæ, de Lentibularia; Hippocastaneæ, de Æsculus Hippocastanum; Caryophylleæ, de Dianthus Caryophyllus; etc.).

ART. 23. Les noms de sous-familles (subordines, subfamiliæ) sont tirés du nom d'un des genres qui se trouvent dans le groupe, avec la désinence eæ.

ART. 24. Les noms de tribus et sous-tribus se tirent du nom

[1] Le texte portait : « et autant que possible avec une désinence uniforme. »

d'un des genres qui en font partie, avec la désinence cæ ou ineæ.

§ 4. Noms de genres et de divisions de genres.

Art. 25. Les genres, sous-genres et sections reçoivent des noms, ordinairement substantifs, qui sont pour chacun d'eux comme nos noms propres de famille.

Ces noms peuvent être tirés d'une source quelconque et même être composés d'une manière absolument arbitraire, sous la réserve des conditions indiquées plus loin.

Art. 26. Les sous-sections et autres subdivisions inférieures des genres peuvent recevoir un nom, substantif ou adjectif, ou porter simplement un numéro d'ordre ou une lettre, sans nom.

Art. 27. Lorsqu'un nom de genre, sous-genre ou section est tiré d'un nom d'homme, on le constitue de la manière suivante :

Le nom, dégagé de tout titre et de toute particule préliminaire accessoire, est terminé en a ou ia.

Les syllabes qui ne sont pas modifiées par cette désinence conservent leur orthographe exacte, même avec les lettres ou diphtongues usitées dans certaines langues et qui ne l'étaient pas en latin. Cependant les ä, ö, ü, des langues germaniques, deviennent des æ, œ, ue, les é et è de la langue française, deviennent des e.

Art. 28. Les botanistes qui ont à publier des noms de genre font preuve de discernement et de goût, s'ils ont égard aux recommandations suivantes :

1° Ne pas faire des noms très longs ou difficiles à prononcer.

2° Indiquer l'étymologie de chaque nom.

3° S'ils ont créé autrefois un nom qui n'a pas été admis, ne pas créer eux-mêmes un autre genre sous le même nom, surtout dans la même famille ou dans une des familles voisines.

4° Ne pas dédier des genres à des personnes absolument étrangères à la botanique, ou du moins aux sciences naturelles, ni à des personnes tout à fait inconnues.

5° Ne tirer des noms de langues barbares, que si ces noms se trouvent fréquemment cités dans les livres des voyageurs et présentent une forme agréable qui s'adapte aisément à la langue latine et aux langues des pays civilisés.

6° Rappeler, si possible, par la composition ou la désinence du nom, les affinités ou les analogies du genre.

7° Éviter les noms adjectifs.

8° Ne pas donner à un genre un nom dont la forme est plutôt celle d'un nom de section (Eusideroxylon, par exemple).

9° Éviter de reprendre des noms qui ont existé, mais qu'on a refusé d'admettre, pour nommer des genres différents des anciens, à moins qu'il ne s'agisse de dédier de nouveau un genre à un botaniste; mais dans ce cas il est à désirer encore : 1° Que l'abandon du premier genre soit bien constaté; 2° Que la famille où l'on veut rétablir le nom soit tout à fait différente de la première.

10° Éviter de faire choix de noms qui existent en zoologie.

Art. 29. Les botanistes qui construisent des noms de sous-genres ou de sections feront bien d'avoir égard aux recommandations de l'article précédent et en outre à celles-ci :

1° Prendre volontiers pour la principale division d'un genre, un nom qui le rappelle par quelque modification ou addition (Eu mis au commencement du nom, quand il est d'origine grecque; astrum, ella, à la fin du nom, quand il est latin, ou telle autre modification conforme à la grammaire et aux usages de la langue latine).

2° Éviter dans un genre de nommer une section par le nom du genre terminé par oides, ou opsis; mais au contraire rechercher cette désinence pour une section qui ressemblerait à un autre genre, en ajoutant alors oides ou opsis au nom de cet autre genre, s'il est d'origine grecque, pour former le nom de la section.

3° Éviter de prendre comme nom de section un nom qui existe déjà comme tel dans un autre genre, ou qui est le nom d'un genre admis.

Art. 30. Lorsqu'on désire énoncer un nom de section conjointement avec le nom de genre et le nom d'espèce, le nom de section se place entre les deux autres en parenthèse.

§ 5. Noms d'espèces, d'hybrides et de subdivisions des espèces.

Art. 31. Chaque espèce, même celles qui composent à elles seules un genre, est désignée par le nom du genre auquel elle appartient suivi d'un nom dit spécifique, le plus ordinairement de la nature des adjectifs.

Art. 32. Le nom spécifique doit, en général, indiquer quelque chose de l'apparence, des caractères, de l'origine, de l'histoire ou des propriétés de l'espèce. S'il est tiré d'un nom d'homme, c'est ordinairement pour rappeler le nom de celui qui l'a découverte ou décrite, ou qui s'en est occupé d'une manière quelconque.

Art. 33, à supprimer[1] (voir p. 20).

Art. 34. Un nom spécifique peut être un ancien nom de genre ou un nom propre substantif. Il prend alors une grande lettre et ne s'accorde pas avec le nom de genre (Digitalis Sceptrum, Coronilla Emerus).

Art. 35. Deux espèces du même genre ne peuvent avoir le même nom spécifique, mais le même nom spécifique peut être donné dans plusieurs genres.

Art. 36. En construisant des noms spécifiques, les botanistes font bien d'avoir égard aux recommandations suivantes :

1° Éviter les noms très longs ou d'une prononciation difficile.

2° Éviter les noms qui expriment un caractère commun à toutes ou presque toutes les espèces du genre.

3° Éviter les noms tirés de localités peu connues, ou très restreintes, à moins que l'habitation de l'espèce ne soit tout à fait locale.

4° Éviter, dans le même genre, les noms trop semblables, ceux surtout qui ne diffèrent que par les dernières lettres.

5° Adopter volontiers les noms inédits qui se trouvent dans les notes des voyageurs ou dans les herbiers, à moins qu'ils ne soient plus ou moins défectueux *ou que l'auteur n'en ait pas approuvé d'avance la publication* (voir art. 47, 3°).

6° Éviter les noms qui ont été employés auparavant dans le genre ou dans quelque genre voisin et qui sont devenus des synonymes.

7° Ne pas nommer une espèce d'après quelqu'un qui ne l'a ni découverte, ni décrite, ni figurée, ni étudiée en aucune manière.

8° Éviter les noms spécifiques composés de deux mots.

9° Éviter les noms qui forment pléonasme avec le sens du nom du genre.

[1] Il était ainsi conçu : « Les noms d'hommes employés comme noms spécifiques ont la forme du génitif du nom ou d'un adjectif dérivé (Clusii ou Clusiana). La première forme s'emploie quand l'espèce a été décrite ou distinguée par le botaniste dont elle prend le nom ; la seconde forme dans les autres cas. Quelle que soit la forme adoptée, tout nom spécifique tiré d'un nom d'homme commence par une grande lettre. »

ART. 37. Les hybrides d'une origine démontrée par voie d'expérience, sont désignés par le nom de genre, auquel on ajoute une combinaison des noms spécifiques des espèces dont ils proviennent, le nom de l'espèce qui a fourni le pollen étant mis le premier, avec la terminaison *i* ou *o*, et celui de l'espèce qui a fourni l'ovule venant ensuite, avec un trait d'union entre les deux (Amaryllis vittato-reginæ, pour l'Amaryllis provenant de l'A. reginæ fécondé par le vittata). *Ils peuvent aussi être désignés par le procédé suivant* (voir p. 22) :

Digitalis lutea ♀ × *purpurea* ♂.
Digitalis purpurea ♀ × *lutea* ♂.

Les hybrides d'origine douteuse se nomment comme des espèces. On les distingue par l'absence du numéro d'ordre et par le signe × précédant le nom de genre (× Salix capreola Kern).

ART. 38. Les noms de sous-espèces, variétés *et mutations* (art. 10 bis) se forment comme les noms spécifiques et s'ajoutent à eux dans leur ordre, en commençant par ceux du degré supérieur de division.

Les métis d'origine douteuse se nomment et se classent de la même manière.

Les sous-variétés, variations, sous-variations *et autres modifications légères ou passagères* de plantes spontanées, *reçoivent*[1] des numéros ou des lettres qui facilitent leur classement.

ART. 39. Les métis d'une origine certaine sont désignés par une combinaison des deux noms de sous-espèces, variétés, sous-variétés, etc., qui leur ont donné naissance, en observant les mêmes règles que pour les noms d'hybrides.

ART. 40. Dans les plantes cultivées, les semis, les métis d'origine obscure et les sports reçoivent des noms de fantaisie, en langue vulgaire, aussi différents que possible des noms latins d'espèces ou de variétés. Quand on peut les rattacher à une espèce, à une sous-espèce ou une variété botanique, on l'indique par la succession des noms (Pelargonium zonale Mistress-Pollock).

[1] Le texte portait : « peuvent recevoir des noms analogues aux précédents, ou seulement des numéros, » etc. — Voir les motifs du changement ci-dessus, p. 49-52.

SECTION 3.

De la publication des noms et de la date de chaque nom ou combinaison de noms.

ART. 41. La date d'un nom ou d'une combinaison de noms est celle de leur publication effective, c'est-à-dire d'une publicité irrévocable.

ART. 42. La publication résulte de la vente ou de la distribution, dans le public, d'imprimés, de planches ou d'autographies. Elle résulte aussi de la mise en vente ou de la distribution aux principales collections publiques d'échantillons numérotés, nommés et accompagnés d'étiquettes imprimées ou autographiées, portant la date de la mise en vente ou de la distribution.

ART. 43. Une communication de noms nouveaux dans une séance publique, des noms mis dans des collections ou des jardins ouverts au public, ne constituent pas une publication.

ART. 44. La date mise sur un ouvrage est présumée exacte, jusqu'à preuve contraire.

ART. 45. Une espèce n'est considérée comme nommée que si elle a un nom générique en même temps qu'un nom spécifique.

ART. 46. Une espèce annoncée dans un ouvrage sous des noms générique et spécifique, mais sans aucun renseignement sur les caractères, ne peut être considérée comme publiée. Il en est de même d'un genre *ou d'un autre groupe nommé ou* annoncé sans être caractérisé (voir p. 24).

ART. 47. Les botanistes feront bien d'avoir égard aux recommandations suivantes :

1° Indiquer exactement la date de la publication de leurs ouvrages ou fractions d'ouvrages, et celle de la mise en vente ou de la distribution de plantes nommées et numérotées.

2° Ne pas publier un nom sans indiquer clairement si c'est un nom de famille ou de tribu, de genre ou de section, d'espèce ou de variété, en un mot sans indiquer une opinion sur la nature du groupe auquel ils donnent le nom.

3° Éviter de publier ou de mentionner dans leurs publications des noms inédits qu'ils n'acceptent pas, surtout si les personnes qui ont fait ces noms n'en ont pas autorisé formellement la la publication (voir art. 36, 5°).

SECTION 4.

De la précision à donner aux noms par la citation du botaniste qui les a publiés le premier.

ART. 48. Pour être exact et complet dans l'indication du nom ou des noms d'un groupe quelconque, *et pour qu'on puisse aisément constater leur date,* il faut citer l'auteur qui a publié le premier le nom ou la combinaison de noms dont il s'agit.

ART. 49. Un changement de caractères constitutifs ou de circonscription dans un groupe n'autorise pas à citer un autre auteur que celui ayant publié le premier le nom ou la combinaison de noms.

Quand les changements ont été considérables, on ajoute à la citation de l'auteur primitif : mutatis charact., ou pro parte, ou excl. gen., excl. sp., excl. var., ou telle autre indication abrégée, selon la nature des changements survenus et du groupe dont il s'agit.

ART. 50. *Lorsqu'un nom inédit a été publié en l'attribuant à son auteur, les personnes qui le mentionnent plus tard doivent ajouter le nom de celui qui a publié, exemple : Leptocaulis Nuttall in DC. — Oxalis lineata Gillies in Hooker*[1].

ART. 51. Lorsqu'un nom existant est appliqué à un groupe qui devient d'un ordre supérieur ou inférieur à ce qu'il était auparavant, le changement opéré équivaut à la création d'un nouveau groupe et l'auteur à citer est celui qui a fait le changement.

ART. 52. Les noms d'auteurs mis après les noms de plantes s'indiquent par abréviations, à moins qu'ils ne soient très courts.

A cet effet on retranche d'abord les particules ou lettres préliminaires qui ne font pas strictement partie du nom, puis on

[1] Le texte ainsi changé à la suite d'un accord avec divers botanistes (voir p. 28), était : « Les noms publiés d'après un document inédit, tel qu'un herbier, une collection non distribuée, etc., sont précisés par l'addition du nom de l'auteur qui publie, malgré l'indication contraire qu'il a pu donner. De même les noms usités dans les jardins sont précisés par la mention du premier auteur qui les publie. Dans le texte développé, on cite l'herbier, la collection, le jardin (Lam. ex Commers. mss. in herb. par. ; Lindl. ex horto Lodd.). »

indique les premières lettres, sans en omettre aucune. Si un nom d'une seule syllabe est assez compliqué pour qu'il vaille la peine de l'abréger, on indique les premières consonnes (Br. pour Brown); si le nom a deux ou plusieurs syllabes, on indique la première syllabe, plus la première lettre de la syllabe suivante, ou les deux premières quand elles sont des consonnes (Juss. pour de Jussieu; Rich. pour Richard).

Lorsqu'on est forcé d'abréger moins, pour éviter une confusion entre des noms qui commencent par les mêmes syllabes, on suit le même système, en donnant, par exemple, deux syllabes avec la ou les premières consonnes de la troisième, ou bien l'on indique une des dernières consonnes caractéristiques du nom (Bertol. pour Bertoloni, afin de distinguer de Bertero; Michx pour Michaux, afin de distinguer de Micheli). Les noms de baptême ou les désignations accessoires, propres à distinguer deux botanistes du même nom, s'abrègent de la même manière (Adr. Juss. pour Adrien de Jussieu, Gærtn. fil. ou Gærtn. f. pour Gærtner filius).

Lorsque l'usage est bien établi d'abréger un nom d'une autre manière, le mieux est de s'y conformer (*L.* pour Linné, St-Hil. pour de Saint-Hilaire).

Dans les publications destinées au public en général, et dans les titres, il est préférable de ne pas abréger (voir p. 33).

Section 5.

Des noms à conserver lorsqu'un groupe est divisé, remanié, transporté, ou abaissé, ou quand deux groupes de même ordre sont réunis.

Art. 53. Un changement de caractères, ou une révision qui entraîne l'exclusion de certains éléments d'un groupe ou des additions de nouveaux éléments, n'autorisent pas à changer le nom ou les noms du groupe.

Art. 54. Lorsqu'un genre est divisé en deux ou plusieurs, le nom doit être conservé et il est donné à l'une des divisions principales. Si le genre contenait une section ou autre division qui, d'après son nom ou ses espèces, était le type ou l'origine du groupe, le nom est réservé pour cette partie. S'il n'existe pas de section ou subdivision pareille, mais qu'une des fractions détachées soit beaucoup plus nombreuse en espèces que les autres, c'est à elle que le nom doit être réservé.

ART. 55. Dans le cas de réunion de deux ou plusieurs groupes de même nature, le nom le plus ancien subsiste. Si les noms sont de même date, l'auteur choisit.

ART. 56. Lorsqu'on divise une espèce en deux ou plusieurs espèces, si l'une des formes a été plus anciennement distinguée, le nom lui est conservé.

ART. 57. Lorsqu'une section ou une espèce est portée dans un autre genre, lorsqu'une variété ou autre division de l'espèce est portée au même titre dans une autre espèce, le nom de la section, le nom spécifique ou le nom de la division d'espèce subsiste, à moins que dans la nouvelle position il n'existe un des obstacles indiqués aux articles 62 et 63.

ART. 58. Lorsqu'une tribu devient famille, qu'un sous-genre ou une section devient genre, qu'une subdivision d'espèce devient espèce, ou que des changements ont lieu dans le sens inverse, les noms anciens des groupes subsistent, pourvu qu'il n'en résulte pas deux genres du même nom dans le règne végétal, deux subdivisions de genre ou deux espèces du même nom dans le même genre, ou deux subdivisions du même nom dans la même espèce.

SECTION 6.

Des noms à rejeter, changer ou modifier.

ART. 59. Nul n'est autorisé à changer un nom sous prétexte qu'il est mal choisi, qu'il n'est pas agréable, qu'un autre est meilleur ou plus connu, qu'il n'est pas d'une latinité suffisamment pure, ou pour tout autre motif contestable ou de peu de valeur.

ART. 60. Chacun doit se refuser à admettre un nom dans les cas suivants :

1° Quand ce nom est appliqué dans le règne végétal à un groupe nommé antérieurement d'un nom valable.

2° Quand il forme double emploi dans les noms de classes ou de genres, ou dans les subdivisions ou espèces du même genre, ou dans les subdivisions de la même espèce.

3° Quand il exprime un caractère ou un attribut positivement faux dans la totalité du groupe en question, ou seulement dans la majorité des éléments qui le composent.

4°, à supprimer[1].

[1] Le 4° était : Quand le nom est formé par la combinaison de deux langues. » (Voir p. 40 et 43.)

5° Quand il est contraire aux articles de la section 5.

Art. 61. Un nom de cohorte, sous-cohorte, famille ou sous-famille, tribu ou sous-tribu, doit être changé lorsqu'il est tiré d'un genre qu'on reconnaît ne pas faire partie du groupe en question.

Art. 62. Lorsqu'un sous-genre, une section ou une sous-section passe au même titre dans un autre genre, le nom doit être changé s'il existe déjà dans le genre un groupe de même ordre sous ce nom.

Lorsqu'une espèce est portée d'un genre dans un autre, son nom spécifique doit être changé s'il existe déjà pour une des espèces du genre. De même, lorsqu'une sous-espèce, variété ou autre subdivision d'espèce est portée dans une autre espèce, le nom en doit être changé s'il existe déjà dans l'espèce pour une modification du même ordre.

Art. 63. Lorsqu'un groupe est transporté dans un autre en y conservant le même rang, son nom doit être changé s'il devient un contre-sens ou une cause évidente d'erreur et de confusion dans la nouvelle position qui lui est attribuée.

Art. 64. Dans les cas prévus aux articles 60, 61, 62, 63, le nom à rejeter ou à changer est remplacé par le plus ancien nom valable existant pour le groupe dont il s'agit, et à défaut de nom valable ancien un nom nouveau doit être créé.

Art. 65. Un nom de classe, tribu ou autre groupe supérieur au genre peut être modifié dans sa désinence, pour être rendu conforme aux règles et aux usages.

Art. 66. *Un nom de genre doit subsister tel qu'il a été fait, à moins qu'il ne s'agisse de corriger une erreur purement typographique.*

La désinence d'un adjectif latin de nom d'espèce peut être modifiée pour la faire accorder avec le nom générique[1].

[1] L'ancien article portait : « Lorsqu'un nom tiré du grec ou du latin a été mal écrit ou mal construit, ou qu'un nom tiré d'un nom d'homme n'a pas été écrit conformément à l'orthographe réelle du nom, ou qu'une erreur sur le genre grammatical d'un nom a entraîné une désinence vicieuse dans les noms d'espèces ou de modifications d'espèces, chaque botaniste est autorisé à rectifier le nom fautif ou les désinences fautives, à moins qu'il ne s'agisse d'un nom très ancien et passé entièrement dans l'usage sous la forme erronée. On doit user de cette faculté avec réserve, particulièrement si le changement doit porter sur la première syllabe, surtout sur la première lettre du nom. »

« Quand un nom a été tiré d'une langue vulgaire, il doit subsister tel

Section 7.

Des noms de plantes dans les langues modernes.

Art. 67. Les botanistes emploient dans les langues modernes les noms scientifiques latins ou ceux qui en dérivent immédiatement, de préférence aux noms d'une autre nature ou d'une autre origine. Ils évitent de se servir de ces derniers noms, à moins qu'ils ne soient très clairs et très usuels.

Art. 68. Tout ami des sciences doit s'opposer à l'introduction dans une langue moderne de noms de plantes qui n'y existent pas, à moins qu'ils ne soient dérivés des noms botaniques latins, au moyen de quelque légère modification.

qu'on l'a fait, même dans le cas où l'orthographe du nom a été mal comprise par l'auteur et donne lieu à des critiques fondées. »

Les motifs du changement sont donnés p. 4, 39, 41, 42, 43, etc.

RÉPERTOIRE GÉNÉRAL

DES OPINIONS ÉMISES PAR L'AUTEUR SUR LA NOMENCLATURE DEPUIS 1866

INDICATION DES SUJETS	Commentaire [2]	Publications diverses [3]	Nouvelles remarques
	Pages		Pages
TEXTE DES LOIS DE LA NOMENCLATURE BOTANIQUE.			
Texte adopté par le congrès de 1867 [1]	13	....	61
Même texte, avec les modifications proposées	.....	....	61
HISTORIQUE DES LOIS DE LA NOMENCLATURE	1-12	A, 10, 177. B, 65	1-6
CONSIDÉRATIONS GÉNÉRALES ET PRINCIPES	13	B, 79	4,7,9, 35
Nature des règles ou lois recommandées	33	A, 177, 194. B. 65. D. 158	7
Conditions d'une bonne nomenclature (priorité, etc.)	.....	....	3,8,36 37. 58
Sur l'usage	33	A, 177	9
Nature des noms en général	.....	....	17, 23
La place d'un groupe dans la hiérarchie doit être énoncée	.....	....	24
Langue de la nomenclature botanique (latin)	.....	G, 271	10,40, 41,43, 55
Rétroactivité des lois dans certains cas	.....	B, 66	

[1] Le texte adopté par le Congrès se trouve : 1° Dans les *Actes du Congrès*, p. 209 ; 2° en tête du *Commentaire*, 2me ed. (Genève, 1867, chez Georg), dans la traduction en allemand (chez le même), et en anglais (chez Reeve); 3° dans le présent opuscule, p. 61.

[2] Deuxième édition française du *Commentaire*, in-8°, Genève, 1867, chez Georg.

[3] Elles sont désignées par des lettres et pages, savoir :

A. Passages divers dans les *Actes du Congrès*. Un vol. in-8°. Paris, 1867.

B. Réponse à diverses questions et critiques faites sur le recueil des lois de la nomenclature botanique, dans le *Bulletin de la Soc. bot. de France*, 26 février 1869.

C. Una questione di nomenclatura botanica. Lettre de M. Caruel et réponse, dans *Nuovo giornale bot. italiano*, 1870, vol. 2, p. 146.

D. *Journal of Botany*, 1874, p. 158. Réponse à M. Hance sur les décisions du Congrès.

E. Quelques points de la nomenclature botanique et réponse à M. Cogniaux, dans *Bulletin de la Soc. bot. de Belgique*, 1876, p. 477-485.

F. *Journal of Botany*, 1877, p. 212.

G. A. de Candolle, *La Phytographie, ou l'art de décrire les végétaux considérés sous différents points de vue*. Un vol. in-8°. Paris, 1880, chez Masson.

H. Lettre au Comité d'organisation du Congrès géologique à Bologne, en 1881, dans *Compte rendu de la session*, 1882, p. 181-185.

I. A. de Candolle, *Origine des plantes cultivées*. Un vol. in-8°. Paris, 1882.

INDICATION DES SUJETS	Commentaire	Publications diverses	Nouvelles remarques
	Pages		Pages
Dates initiales pour la priorité des noms	.....	....	13-17
Ce qui constitue une catégorie de groupes	.....	....	16, 52
Ne pas définir un groupe d'après une origine présumée	.....	....	52
Nomenclature des organes	.....	G, 7, 169, 189	45
Nomenclature des fossiles	.....	H. 181	2, 46
DÉSIGNATION ET SUBORDINATION DES GROUPES	34-38	B. 73. G, 46	11
Groupes faisant l'objet de la nomenclature, leur ordre	34-37	A. 178, 181	11
Définition des catégories de groupes	.....	B, 73	52
Groupes minimes (micromorphes), à désigner sans noms	.....	....	49
Groupes dans les plantes cultivées	37, 38		
Classement dans chaque groupe	.....	G, 74	
Groupes faisant défaut dans certains cas	.....	....	10
Séries artificielles	.....	G, 185, 186	
APPLICATION A CHAQUE CATÉGORIE DE GROUPES	39-43		
Principes généraux	39	H, 183	17,35, 57
Jusqu'où peut remonter la priorité	7	....	13
Noms des subdivisions et classes	.....	....	57
Noms des cohortes	39	A, 181	18
Noms des familles (ordines), tribus, sous-tribus	39	A. 177, 181	
Noms des genres et subdivisions de genres	40, 41	G, 271. H. 183	19,42, 44
Noms des espèces et subdivisions d'espèces	41-43	A. 193, 196. B, 71	20,21, 42, 44
Lettres capitales dans certains noms d'espèces	.....	B.72. G.264	54. 57
Noms d'hybrides ou de métis	42	A,197. B,78	22
Noms de sous-espèces, variétés, sous-variétés ou mutations	.....	G. 75	48
Désignation des groupes minimes (micromorphes)	.....	....	49
Noms des formes cultivées	43	B, 79	22
PUBLICATION ET DATE DES NOMS.			
En quoi consiste la publication	44	A,199. B,74	23
Ce qui fixe la date	44, 45	....	13, 23
Groupes nommés sans caractères	45	....	24
Id. sans indication de la nature du groupe	.....	....	24
Id. conditionnellement ou dubitativement	.....	C, 146-148	
Noms inédits	45	B, 77	28, 32
NOMS EN CAS DE CHANGEMENT DANS LES GROUPES	60, 61	B. 67. 78. F, 242	21, 34
Changements spécifiés	.....	B, 67-70. . .	34
Changements indiqués sans détails précis	.....	....	53
NOMS A REJETER, MODIFIER OU CONSERVER, LORSQU'IL N'Y A PAS DE CHANGEMENT DANS UN GROUPE	61, 63	B, 77	35-44
Noms à rejeter ou modifier	.....	....	35
Noms à conserver malgré certains défauts	.....	....	17,35, 42
NOMS TIRÉS DU LATIN OU DU GREC	.....	....	19,39-41, 43

INDICATION DES SUJETS	Commentaire	Publications diverses	Nouvelles remarques
	Pages		Pages
Noms dans les langues vulgaires	63	A. 207. G, 266-270. I, 15-18	10
Citation des auteurs	45-60	E, 6-11. F, 183	25-27
Son but et ses avantages	.....	E, 6	25
Principe essentiel à cet égard	.....	....	25
Comment la citation doit se faire	57	A, 204. C, 147.H,184	25-27
En cas de changement de groupe	45,57	....	26
En cas de doute émis par l'auteur	.....	C, 147	
Abréviation des noms d'auteur	58, 60	G. 272. 301, 464.H.184	32
Citation des auteurs de noms inédits	57	B, 74. 77	28-32
Un groupe sans nom d'auteur est censé nouveau		E, 11	28

H. GEORG, LIBRAIRE-ÉDITEUR

GENÈVE-BALE-LYON

Candolle (Alph. de) } Leurs ouvrages. Voir le verso du faux titre du
Candolle (Casimir de) } présent volume.

Boissier (Edm.) Voyage botanique dans le midi de l'Espagne pendant l'année 1837. 2 vol. gr. in-4°, 206 pl., 1839-45, br. . . . . 150 —
Cart. . . . . 162 —

— Icones Euphorbiarum, ou figures de 122 espèces du genre Euphorbia dess. par Heyland, avec des considérations sur la classification et la distribution géograph. des plantes de ce genre. In-fol. 120 pl. lith., 1866. 70 —

— Flora orientalis sive enumeratio plantarum in Oriente a Græcia et Ægypto ad Indiæ fines hucusque observatarum. Vol. I. Thalamifloræ. In-8°, 1017 p. 1867 . . . . 20 —

— — Vol. II. Calycifloræ. In-8°, 1160 p., 1872 . . . . . 25 —

— — Vol. III. Calycifloræ Gamopetalæ. 1035 p., 1875 . . . 25 —

— — Vol. IV. Corolliflorarum. 1276 p., 1875-79 . . . . 26 —

— — Vol. V, fasc. 1, Monocotyledonearum. Pars prior, p. 1 à 428, in-8°, 1882 . . . . 10 —

Brun (J.) Diatomées des Alpes et du Jura et de la région suisse et française des environs de Genève. 146 p. in-8° avec 9 planches, 1880 . . . 10 —

Burnat (E.) et A. Gremli, les Roses des Alpes maritimes. Études sur les roses qui croissent spontanément dans la chaîne des Alpes maritimes et le département français de ce nom. 136 p. in-8°, 1879 . . . . 4 —

— et **W. Barbey**, Notes sur un voyage botanique dans les îles Baléares et dans la province de Valence (Espagne), mai-juin 1881. 63 p. in-8° avec 1 pl., 1882 . . . . 3 —

Christ (H.) Die Rosen der Schweiz mit Berücksichtigung der umliegenden Gebiete Mittel- und Süd-Europa's. Ein monographischer Versuch. In-8°, 220 p. 1873 . . . . 6 —

⁂ La monographie de M. Christ est appelée à faire sensation ; elle est le résultat de longues et patientes recherches.

— Le monde végétal de la Suisse, trad. de l'allemand. Beau vol. in-8° illustré 1883.

Fauconnet (Dr Ch.) Herborisations au Salève. 196 et LIV p. in-8°, 1867. . . . . 4 —

— Promenades botaniques aux Voirons, et supplément aux herborisations à Salève. 63 p. in-8°, 1868 . . . . 2 —

— Excursions botaniques dans le Bas-Valais. 145 p. in-8°, 1872 . . 3 —

Mincks (Dr Arth.) Das Microgonidium. Ein Beitrag zur Kenntniss des wahren Wesens der Flechten. 249 p. in-8° avec 6 pl. coloriées, 1879 . . 15 —

Tissière (M.-P.-G.) Guide du botaniste sur le grand Saint-Bernard. In-12, 118 p., 1868 . . . . 2 —

GENÈVE. — IMPRIMERIE CH. SCHUCHARDT.

www.ingramcontent.com/pod-product-compliance
Ingram Content Group UK Ltd.
Pitfield, Milton Keynes, MK11 3LW, UK
UKHW022128190726
13855UKWH00003B/1071

9 782013 026895